KB203572

고석원 시문집

늦바람

문학과
의식

시선집
156

고석원 시문집

늦바람

바람 잡기,

바람이 불때마다 바람을 잡고 싶었다.

고교시절, 이른 새벽 소나기에 찢어진 '거미줄'을 보고 처음 쓴 시가 교내 백일장에 뽑혀 바람의 끝을 잡았다.

바람 타기,

40여년 교단에서 쓴 서너 편의 시로 끈을 잇다가 퇴물이 되어 '늦바람'을 피워본다. 나름 바람을 타보려 도시, 산, 바닷가로 심지어 오대양 건너 육대주까지 헤매기도 했다. 방패연처럼 각 잡고 마파람 타고 우쭐거리다 맞바람에 뒤집히기도 했다.

그러다 방패연에 하나 둘 꼬리를 붙이다보니 어느새 꼬리연이 되어 반공에 떠 있었다.

늦바람 즐기기,

임방울 명창의 '쑥대머리'처럼 새벽 잎새 구르는 이슬이 아니어도,

가냘픈 갈대 속청 흔들어 창공 가르는 '청성자진한 잎'이 아니어도 좋다.

송구봉의 한시 '족부족(足不足)'을 좌우명 삼아 막걸리 두어 사발에 취기 올라 흥얼거리다 가는 삶도 그럴듯하다.

끝으로 95세의 연세와 심한 수전증에도 불구하고 표지그림을 그려준 화가 우리 맏형님, 저를 등단작가로 이끌어 주신 안혜숙 대표님, 미천한 작품을 논평을 통해 기(氣)를 세워준 김선주 교수님, 모든 분들께 감사드립니다.

| 차례 |

1부 詩 거미줄

2부 詩 늦바람

3부 詩 매미의 변

4부 詩 부시먼에 길을 묻다

5부 時調 모악 연가

6부 隨筆 노인 길들이기

7부 꽁트 동구의 기도

아버님 유작한시

해설 _ 김선주

일러두기

1. 책에 쓰인 영문의 한글 표기는 외래어표기법에 따랐으며 일부는 저자의 의도를 반영해 예외로 두었다.

2. 쉼표와 마침표, 말 줄임표, 느낌표 등의 문장부호는 시인의 의도를 반영, 최대한 시인의 원문을 그대로 살려 표기했다.

1부 詩

거미줄

거미줄

간밤 소나기에 찢겨진 가슴팍
그 사이 남기고 간 망울진 여름의 눈물

너는 계절 잇는 신호등
텅빈 공원 마른가지에 두 팔 걸치고
파랗고 빨간 신호 깜박이면
벤치 소녀는 넘기던 책갈피 닫고
붉은 보조개 접어 서산에 숨는다

여름은 동에서 남으로 방향을 틀어
백발 할미 낭자 풀어진 미로 사이로
뻥 뚫린 파란 하늘 한 점 남기면
검게 그을린 녀석은
터진 가슴 깁고 지우다 지치면
그대로 로댕의 웅크린 시인이 된다

- 1963. 고교백일장

14

숨비소리[*]

태왁에 목숨 띄워
바다로 뛰어드는 잠녀는
인당수 심청이 부러웠다

태왁 끌어안고 기절한 숨통 열면
회생의 휘파람 갈매기 불러오고
물 밖 구경꾼 모여든다

숨 쉬다 죽는 고통보다
숨죽여 사는 일 더 어려워
짭짤한 물미역 한 잎 불어대면
물 밖 사람 저마다 시를 짓는다

가슴 떨리는 청공(淸孔)의 숨결이
파도 너머 수평선 기울어
가라앉는 한 긁어 토해 내는
늙은 잠녀의 마른기침은
태초의 바닷소리

―――――――――

* 해녀(잠녀)들이 물질을 마치고 밖으로 올라와 바쁘게 내쉬는 숨소리

코스모스 이야기

길가에 피고 싶었다
여름내 뒤편에 들러리 서다가
가을바람 속삭이면 기지개 켜고
차창 밖 고향생각 피어오르는
신작로에 나부끼며 피고 싶었다
너와 함께 피고 싶었다
만국기 펄럭이는 시골 운동회
어른 아이 시끌벅적 응원소리에
짧은 깃털 치마 가녀린 목 흔들어
저녁노을 접으며 지고 싶었다
도란도란 살고 싶었다
서귀포 올레길 돌 바람 속에서
대관령 고개 넘는 흰 구름 맞으며
서울 아파트 자투리땅이라도
사람 사는 곳에서 살고 싶었다

- 2016. 최영섭 작곡집 수록

다락리* 풍경

새벽은 매일처럼
안개를 몰고 다락문 두드린다

송악산(松岳山) 햇살 빚어
푸른 지평 열면
덜 큰 애들은 가을 벤치에서 낟알을 줍고
금방 허수아비가 되어 춤추고 장구 친다

미호(美湖) 건너
삼류(三流) 열차(列車) 떠나가고
어둠 몰아오면
민중(民衆)집 싸구려 알코올이 불을 댕긴다

새벽이면 매일처럼
냉수 키는 소리
소갈머리 없는 친구들

_____

* 청주시 흥덕구 강내면 다락리 – 교원대학교

교단(敎壇)

앞에 서면
곡선이 그려지기 전
하얀 이마가 있다

만 스무 살 되던 날
처마 끝 녹슨 종 두드리며
서툰 몸짓으로 흉내 낸 교단
천직을 발판으로 삼았다

운동장 땀내음 콩나물 교실
쳇바퀴 속 다람쥐는 세월 굴려
꽃 피워 작은 열매 빚어내지만
내일이면 다시 또 뿌려질 씨앗들

보면 있고 없는 현실 밖 꿈
곡선이 그려지기 전
이마가 있다

- 1969. 교육신문 게재

울 엄니의 행복

먹고 사는 일밖에 몰랐지요

왜 일만 하고 살아요
일해야 살지
왜 살아요
먹으려고 살지
그럼 우리가 짐승인가요
짐승이 어째서
행복하지 않잖아요
행복이 머신디
잘 사는 거지요
개들한테 물어 봤어?

깨꽃

부서지는 태양의 부스러기 온몸에 걸치고
못다 헤아린 또 하나의 별을 세는
당신은 큐피드 뜨거운 화살
아폴론 가슴에 피는 모닥불

가을 햇살 스르르 타버린 꽃 달고
오아시스 찾아 헤매는 사람
바람 일면 초록치마 속 현란한 춤
찬비 맞고 떨어지는 붉은 꽃잎
바람 실어 열매만 거두어 가는 계절에
내내 꼿꼿한 줄기로 버티는 윤형
그 목마름에 한 잔의 물을 붓자

두꺼비집

문 열면 아이들 우르르
된장찌개 보글보글
아랫목 따스하게 덥혀가는
빨간 집 짓는다

비구름 흘러 푸른 하늘 들어서고
쉼표 숨어들어 사랑이 깃을 펴는
파란 집 짓는다

옆집보다 더 작게
뒷집보다 더 낮게
헌집 주고 새집 꿈꾸는
두꺼비집 짓는다

- 2014. 화성시 정조 효문화제

딱 한잔

아이고, 친구 오랜만이네
뭐가 오랜만인가
사흘 밖에 안 되었구먼

한 잔 하세
고놈의 술 입은 이미 벙글
딱 한 잔만
그러세
선술집 불쑥 들어
쇠주 한 병 시켜 놓고
삼겹살 익기 전 눈썹으로 쇠뚜껑 까
건강을 위하여!

단숨에 들이키면 빈속이 싸아
한잔 한잔 또 한잔
빈 잔은 채워야 맛이지
1, 3, 5, 7, 2, 4, 6, 8,
왔다 갔다 사람이 술 마시고
술이 술 먹고 술이 사람 마시고
마른 논에 물대는데 회포도 슬슬
고놈의 딱 한 잔에 지갑도 술술
밤은 짧아만 간다

땡 – 소리

어서 오십시오
생태처럼 들어선 무대 노래자랑
얼핏 보았지 술렁이는 관객
작살로 내리꽂는 서치라이트
고향무정 부탁합니다
한여름 냉동고를 벗어난 동태
눈앞은 캄캄 조여 오는 전주곡
두 바퀴 만에 간신히 올라탄
엇박의 출발, 구름도 울고 –
넘으려는 순간, 관중의 웃음소리
하얘지는 앞마당의 황태

그날은
땡 – 소리도 들리지 않았다
다음 기회에 – 돌아서는 코다리
뒤통수가 부끄럽고
쥐구멍이 그렇게 고마울 줄
고향이 이토록 무정할 줄은
울지 못해 웃었다

- 1966. 전주방송국 노래자랑에서

그녀를 훔쳐보다

바로 보지 못해 망설이다
돌아 있어도 눈감아도 어차피 보이는 것
여린 풀밭에 얼굴 지워지도록 비비고
한여름 땡볕 사이로 잠자 듯 흐르는 시냇물 따라
해 넘은 해바라기 고개 숙여 어둠을 살핀다

해맑은 소년처럼 마음 설레지도
한여름 늙은 정자나무처럼 가슴 부풀지 않아도
날이 새면 또다시
살아나는 눈부신 그녀를 훔쳐본다
보이는 것은 칠월의 파도 넘치는 바닷가
긴 장마 훑고 간 뜨거운 자갈밭 빈자리에
새털구름 한 조각 숨어 살다 사라질 뿐

에덴의 동쪽 십자가보다 높은 동산에 올라
사과 따는 이브에게 물어본다
훔쳐보는 것 죄가 됩니까

개꿈

어릴 적 용꿈 꾸려고 잠을 잤다
하늘로 오르는 용꼬리 잡다
놓쳤다, 으악!
사지(四肢)가 윷판에 나뒹군다, 개다
개꼬리 잡고 두 밭을 갔다

어른 되어 돼지꿈 꾸려 잠을 잤다
돼지 잡으러 우리에 갔다 똥 밟고 미끈둥
아이코, 넉장구리
또 개네!
개밭에 두 말을 묶었다

늘그막에 개꿈이라도 꾸려 잔다
사육장의 개들이 사납게 몰려든다
애고애고, 내 팔자야!
도망치다 똥개에 물린다
한 모, 두 모, 세 모, 걸
이게 웬 떡이냐

꿈은
개꿈이라도 좋다

고향 길목에서

좁은 돌길 하도 채어
엊그제 닦은 신작로에 나가 놀았지
돌 실은 트럭 기우뚱 오고 가며는
흙먼지 허옇게 뒤집어썼지
허방 파고 언덕너머 숨어서 보면
부릉부릉 헛바퀴 애타는 소리
얼씨구절씨구 꿀맛이었지

잔설 허연 어느 삼월
결혼한 지 석 달인가 큰형은 가버렸지
담배 연기 빡빡 빨다 서울로 가버렸지
서른여섯 형수 가슴앓이 그 몇 해던가
돌아가신 사흗날 축 처진 어깨로 돌아왔지
비단구두 없는 발길엔 뜸부기만 밤새 울었지

십년이 몇 번인가
모악산 그 계곡 변함없이 날 맞는데
고속도로 시멘트 길 양옥집 자리 잡고
이웃 사람 본둥만둥 골목마다 냉기 돈다
항구내 다리 건너 맹계땅 들어서니
허물어진 돌담 아래 조카네 수캐 한 마리

꼬리 한번 치지 않고 얄밉게 짖어대고
형님 저 왔습니다
방문 앞 불러대도 찌들은 하모니카 소리만
끊어질듯 미어질듯 밭은 숨길 이어 간다

고놈 우 하나

생년월일, 음력 팔월 열사흘
고놈의 한가위 땜에 생일도 말잔치
학창시절, 전주 이십 리 길
모악산 토끼처럼 뛰어 다녔지
100미터 14초 안쪽이면 뭘 해
지각 109회 인걸 그것도 봐줘서
핑계 대지 마, 누가 뭐랬어
미, 양, 미, 양 하다가 맨 끝에 달린
우 하나, 고놈 붙들고 늘어졌지
간신히 막차 타고 오르면 뭘 해
긴 줄도 짧은 줄도 잡지 못한 어중이
고놈 우 하나 붙들고 간다
막다른 골목에도 문이 있고 집이 있듯이
막판에 운이 좋았다
모 걸이 나와 안방에 있다 윷으로 뺐다

벚꽃 감상(感傷)

허공에 솟는 분수(噴水)의 예정된 추락
너의 화려함에 묻힌 꽃들의 시새움도
봄눈 반짝이다 사라지는 눈속임
꿈을 꾸는가 아직 초저녁인데

연지도 마르지 않았는데
사월보다 진한 연분홍 꽃잎 열고
속삭이던 네온사인의 황홀함도
면사포 비벼 날리는 어린 신부는
어디로 가려는가

봄은 아직 시작인데
앞 다투어 던지는 마지막 순결은
지금도 백마강에 붉은 꽃잎 날리고
쌓이는 사체 사이로 언뜻
서른아홉에 간 자식 눈에 밟힌다

천둥지기

본적과 주소가 바뀌는
계절의 순환에도 넌
진리처럼 교과서를 펴고
허수아비의 기도를 배워야 한다

가슴은 온통 우직한 손
이랑 다듬어 찜질하고
허리 펴 둑길에 오르면
풋내 불어오는 고향

메타세쿼이아 하늘 뻗는 손이
렌즈 닦고 셔터 누르면
이글거리는 태양
한 톨 여무는 소리

소나기에 마른 물꼬 터놓고
천둥 기다리면 꼬리 내리는 빗줄기
농부는 비척거리며 논틀길을 간다

- 1981.

동지섣달

밤이 길어 애먹었다
어릴 적
팥죽도 나이도 어서 먹고 싶었는데
나이 들더니
한 밤중에 잠이 깨어 애태운다

한 해가 또 간다
염세(厭世)의 강에 빠져 허우적거리다
깜빡 깨어 보니 22시 5분 전이다
막장이다 흉보던 그 드라마 또 본다
밤이 길긴 길다

새알심이건 나이건 먹고 살자
잘 먹고 죽으면 때깔도 좋단다
먹거나 말거나 달빛은 후원으로 기울고
갓밝이 다가온다

엊그제 동지 어깨 툭 치더니
오늘 섣달이 간다 하지에 보자고

뚫어, 굴뚝 뚫어

구멍마다 막히고 새고
뚫린 입이 속을 썩인다

소싯적
그녀의 눈빛 속에 숨겨진 사랑도
귀신 씻나락 까먹는 소리도
남촌에 무르익는 보리 내음도
보고 듣고 맡으며 세월을 잊었다

어느 때 왔다 간
지명(知命)인가 이순(耳順)인가
눈구멍에 안개꽃 뿌옇게 피고
귓구멍 매미소리 징징 울어대면
변비(便秘)에 시달리는 핏빛 저녁노을
밴댕이 소갈딱지 자리 잡은 맘 구멍에
혈압 오르는 소리

뚫어, 굴뚝 뚫어
아, 옛날이여
달동네 골목 쩡쩡 울리던
그 소리 그립다

타향살이

여보세요 복수형, 또 왔습니다
맨날 타향살이 짝사랑 이제 지겹습니다
어서 문 열고 나와 보시오
옆집 할미꽃도 이제 고개 숙인답니다
봉분 열어 황토 대충 털고
날리는 꽃잎 띄워 한 잔 합시다

산길 좁은 가슴 살포시 드러나고
숲속 빛 그림자 짙게 머무는 곳
여보세요, 여기가 천국입니다
이 봄 가기 전에 쉬어갑시다.

허허, 고 동생 또 잔소리 벌써 취했군
어서 집에 가 우는 손주나 얼러 보시게
난 뽕따러 간 금심이 달래기도 벅차다네

- 가수 고복수 묘소에서

이브의 추억

그 때는 왜 그리 눈이 많았냐고

삭막한 빈터마다 하얗게 눈 내리면
포근한 기운 부풀어 날리는 가슴
크리스마스이브가 온다

눈썹에 잔눈발 앉는 날 처음 만났고
어깨에 함박눈 쌓으며 다시 만났지
뎅그렁 교회당 종소리 퍼질 때
밧줄 풀어 당기듯 만나자고 약속했지

그대는 한탄강 건너 휴전선
고지마다 진눈개비 흐릿한 하늘 밑
무너진 담장 텅빈 초소에 맺힌 고드름

어제는 싸락눈 오늘은 진눈개비
어쩌다 함박눈 내리면
툇마루 들락거리는 이 빠진 한숨
이브는 유리창에 눈꽃 수를 놓고
더운 입김 풀리는 매듭 미끄럼 타는 그날

2부 詩

늦바람

늦바람

사수(射手)는 막판에도 변죽만 쏜다

석양 다 되어 게으른 눈 비비고
가지 끝 까치밥 쪼는 새를 겨눈다
새는 눈 한번 깜박 않고
갈색 이파리 하나 떨어진다
화살이 서편 하늘 날며 산마루에 꽂히자
얼굴은 금세 황혼(黃昏)이다

부끄러워 돌아오는 길
곱게 시드는 들국화를 본다
다시 한 번 꽃피울 수 없느냐
바람을 넣는다
무섭단다

코로나의 봄

코와 입 벌름거리며 말없이 건너 왔다
봄이면 황해 건너던 황사마저 내치고
앞 산 봄바람 들길 민들레 몸 풀기 전
가슴 비집고 먼저 왔다
창살 기대어 멍한 하늘 내다보고
늙은 형님, 해묵은 친구 잘 있는지
쳇바퀴 굴러도 머문 자리 얄미워
내일은 발가벗고 외딴 길 걸어볼까
바람 벚꽃 가지 흔들고
진달래 이산 저산 피어 날려도
아침이면 하나 둘 지는 목련
이별은 굴뚝 위 하얀 연기 풀어지듯
마스크 한 장 걸치고 말없이 오고갔다

- 2020.

오늘, 바람맞고 싶다

햇발 늘어진 봄날 기적소리 설레어
연분홍 치마 날리던 산골마을 간이역
기다리다 지쳐버린 주인 없는 기찻길
녹슨 철길 위로 민들레 홀씨 날리는
그렇고 그런 이야기 아니다

천구백오십 삼년 칠월 이십칠일
널문리에 광풍 불어 주인 없는 휴전선 그어놓고
꿈에도 소원은 통일, 노래한 지 어언 예순 다섯 해
때 되면 어김없이 봄바람이 된바람 되어
빨갱이와 꼴통이 함께 미쳐버리는
그런 바람 이제는 그만.

4·27 판문점 선언, 한 번 또 봄바람 불었다
우리도 군사분계선 한번 넘어봅시다
아버지 같은 대통령 아들 같은 위원장
손잡고 얼씨구 남북이 절씨구
봄바람 자주 불면 꽃이 피고
여름가고 가을 오면 열매 맺는 걸
꽃샘추위, 따뜻한 봄날의 시새움인 걸

누가 몰라
왠지 오늘, 또 바람맞고 싶다

어떤 해맞이

아랫마을 수탉 홰치는 소리
아버지
어디 보자 청아
깨지는 침묵 다음 고요

산맥 위로 실핏줄 붉어오면
별빛 하나 둘 지워지고
푸드덕
목 빼는 수탉의 거드름도
점잖게 몸 풀고 나서는
암탉의 스스럼도 없다

부지런한 사람 지치도록
조수도 파도마저 머문 바다
갈매기 날갯짓에 붉어오는 뭉게구름
낌새 없이 둘러선 새벽 마당에
햇살은 긴 그림자 끌고 돌아서지만
텅 빈 증인석에
심봉사 좁쌀눈 끔벅이며
허어, 뺑덕이네도 갔네 그려

묻지 마, 열대야

밤을 잃은 사람
지구가 반쯤 돌았기 때문이라 믿기에는
아직 여름이 길다
낮부터 땡볕 이고 살던 사람
밤이 잠시 뜸을 들이 때 오아시스 찾는다

뜨거운 탕국 마시며 시원하다는 사람
옷이란 시늉만 걸치고 선풍기 앞에 서
아이고, 더워, 미치겠네, 그 말 믿기에는
아직 밤이 설다

밤을 잃은 것은 잠이 없어서가 아니다
저 적도에서 틈틈이 찾던 손님
올여름 터 잡고 한반도 찜통에 가둔 채
아예 돗자리 깔고 팔자로 누워 살다
야습으로 30도 빨간 기둥 기어오르는 뻔뻔함
차마 볼 수 없어 묻지 마, 열대야
멍 때린 머리 절레절레 흔들며 돌아서는데
희뿌연 새벽은 혀를 빼물고
인내의 언저리를 핥고 있다

- 2016.

외포항 갈매기

석모도행 여객선 사람들 빨려들고
옆동네 후포항 밴댕이
윗동네 어류정 하늘소금
청아한 보문사 염불소리도 나 몰라라
갈매기 외포로 날아든다

뱃고동 울리면
텃새치레 늑장부리던 외포 갈매기
새치기로 하얗게 뱃전을 장악하고
누런 새우깡 기름에 속살 튀기어
허리 꺾이도록 공중에 튀어 오르면
한 입 밥이 된다

뱃전에 공중전 수상전 한창인데
관객과 배우는 숙맥(菽麥)이 되어
우리가 남인가
갈매기도 사람도 금방 한통속이 된다
언제부턴가
외포항 갈매기는 물고기를 잡지 않는다

파도 너는

처음 먹은 독한 마음은
밀물로 왔다 가는 썰물
해변에 기어올라 바르르 떨다
소금기 절인 모래밭 귀신이 된다

밀물 햇살 당겨 수평선 빗살 빚고
석양 붉게 젖어 해조음 끌어오는데
수심(水心) 깊은 곳 추(錘)를 달아
넘치지 않을 만큼 내어주는
조수(潮水)의 흐름을 보라

밀려오는 것은 점령이 아니며
지움의 반복이 일상인 것을
밀리는 것은 약함이 아니라
인연의 끈 이어주는 바통이라면
파도 너는
굿거리장단에 노래 불러라
갈매기 하나 둘 자리 들 무렵
나는 네가 닦은 백사장에 학춤 추리라

헌화로* 바위섬

헌화로 굽이도는 동해바다에
바위섬 옹기종기 모여들 산다
고기잡이 할 일 없이

멀리 하늘과 바다가 한일자로 입맞추면
심해에 부서지는 금빛 알갱이들
방울방울 쓸어 해변을 밀어온다
일 년 내내

검푸른 바다의 지루한 외침과 번뜩임
육지를 향한 겁 없는 질주도 바위섬에 철썩,
부딪는 순간 파도는
번쩍 은빛 갈치 허공 휘젓다
비늘로 부서져 내려
반짝이는 눈물로 헌화로 적시다
잠영(潛泳) 끝낸 마린보이 해변에 우뚝
물기 자르르 구리 빛 근육 불끈 뽐내다

---

* 헌화로(獻花路) : 강릉시 심곡항에서 금진항까지 해변로, 2.4㎞.

성묘(省墓)의 기도

자, 다 같이 재배
미수(米壽) 지난 큰아들, 쩔룩쩔룩 뒤뚱뒤뚱
아버님 어머님 내년엔 이놈의 다리가
말을 안 들어 못 올 것 같습니다.
알아서 하십시오.
둘째 손자 놈, 불혹(不惑)에 죽은 형님에게,
당신 아들 지금 취업시험 일곱 번째 낙방입니다.
알아서 하십시오.
작은 집 셋째 손자 놈, 나이 오십 넘어 아직도 홀아비 신셉니다.
알아서 하십시오.
셋째아들. 나이 칠순 훌쩍 넘어, 요즘 100세 시대 아시죠.
저는 자그마치 백이십만 살라네요.
알아서 하십시오.
큰형님 날보고 내 자리는 여기, 네 자리는 저기란다.
예, 알았습니다, 그때 가서 봅시다.
사춘기 증손자 놈, 문뜩 할아버지 매장 할래요 화장 할래요?
야, 이놈아! 나 뜨거워 못 죽는다, 한번만 죽여라
예, 알아서 하십시오. 하지만 그것만은 산사람 맘이어라.
무덤 속 할머니, 아직도 꿈꿔?
옆자리 할아버지, 꿈 깨.

치고이너바이젠*

진도 3의 지진이 두어 번
물 찬 제비 창공을 오르다
빚어낸 정화수로 텀벙
동해 햇살 펴 날벼락으로
동맥 긋자 뚝 뚝 떨어지는 핏방울
대낮 미친 소나기의 질주
낙타의 갈색 동공 속 오아시스
현위에 그리며 고향을 떠난다

시작은 항상 고향
담배 한 개비 태울 겨를도
백미러로 사라지는 접시, 달,
G현에 걸린 잠자리 한 마리
E현 거머쥐고 솟아오르다 다시
거미줄에 감기어 바르르 떤다

손끝에 떨어지는 피치카토
플라멩코** 오선지 밟고

---

* 치고이너바이젠(Zigeunerweisen) : 바이올린독주곡, 사라사테(에스파냐)
** 플라멩코(flamenco) : 에스파냐 남부 안달루시아 지방에서 전하여 오는
　　　　　　민요와 춤.

돌아서면 가파른 난간
사막 일구는 각진 모래 틈으로
깊은 음영 숨어든다.

술과 비

얼큰해서 우산을 접었다
소갈머리 없는 이마에 내리는 비
술 속 뚫어 발바닥까지 시원하게 적신다

지나가는 우산 속에서
나를 보고 흘깃흘깃 중얼중얼
미련한 사람 멋진 사람이랬다 갑자기 비껴간다
미친 사람으로 결론이 났다

우산을 편다
더 이상 이상한 사람이 아니다
술이 깨나보다
서리태 쏟아지는 소리
중모리가 자진모리로 바뀌며
방자 분부 듣고 마구안장을 놓는다*
소리가락이 빨라진다

아스팔트에 별똥별이 반짝이고 은하수가
술에 물탄 듯 물에 술탄 듯 흐른다

---

* 판소리 '춘향가' 중에서 '이도령과 방자가 광한루 구경 가는 대목

참새가 마지막 방앗간 들러 주억거린다
술과 비
찰떡궁합이지

두물머리에 오면

수 백리 물줄기 내리흐르며
부딪히면 돌고
부서지면 다시 보듬어
쉬엄쉬엄 여기 왔습니다

앞을 보고
뒤 돌아 보아도
물– 물, 산– 산입니다

강 건너 거친 바람이
물살 몰아 세워도 이곳에 오면
하얀 물거품으로 사라집니다

하늘이 강바닥에 물구나무로 앉아 지켜봅니다
북한강 남한강 하나 되는 것을
팔당이 한강으로 태어나는 것을

두물머리에선
세상이 물속에 살아 올라
꽃이 피고 열매 맺습니다

- 2009. 양평군 양서면 양수리

50

가을 파종

가을걷이 끝난 어느 날
아내는 밭갈이도 파종도 거들지 않는다
거두지 못할 파종인지 알면서
굴욕보다 더한 인내로
남편은 밭을 갈고 씨를 뿌린다
인적도 철새도 사라진 빈들
묵밭 갈아엎고 고랑 찾아 물을 댄다

가을보리 뿌리는 어느 날
아내는 묵밭에 풀어진 넥타이 주워 들고
애처롭다 한번쯤 호락질 해보지만
진기 없는 마른 밭에 마른번개 오락가락
밭둑에 태엽 풀어진 연장만
소슬한 가을바람 뒤척이다
이브가 씌운 남자의 멍에라
말초의 몸부림이라 자위해본다

묘지공원

동산에 달뜨면
을씨년스런 정자(亭子)에
채소가게 싸전 술꾼들 모여 든다
어이 김씨
자네 어쩐 일이여 성질도 급하고만
술 좀 작작 먹고 막차 탈 것이지
그러게요
죽는 게 뭔지 맘대로 안 되는 구만이라
그나저나
오랜만에 막걸리나 한 사발 합시다요

아침이면
묘시(卯時) 기울도록 늘어진 영혼
다도해보다 촘촘한 봉분 물안개로 피어
나무그늘 깊게 흔들어 맑은 바람 가득 채워
언덕배기 햇살 중천을 넘도록
납골 백골로 숨어 세상모를 긴 낮잠

오늘도
언덕너머 황토 파낸 새 무덤에
검고 흰 옷 걸친 사람들

차마 하늘 외면하고
방아깨비처럼 머리만 찧는다

겨울나무

더 벗고 버릴 것도 없다
잎도 꽃도 지우고 열매마저 내어주고
마른 잎 몇 개 달고 깃대로 우뚝 서다

더 찾아올 친구도 없다
새들의 속삭임 녹음 밟던 연인도
나이테에 꼭꼭 감아두고 마을 솟대로 남다

더 꿈꿀 것도 없다
함박눈 펄펄 내리면 가지에 눈꽃 피우다
햇살에 눈물 거두어 꿈처럼 반짝이면 그만이다

더 바랄 것도 없다
버려진 허수아비 애잔한 슬픔도
맨살 허리에 감고 기다리다
지치면 고목이 되리라

올레길

한라산 자락 경칩에 깨어
따뜻한 귤 밭에 언 발 녹입니다
느영나영* 돌담 사이 바람길 내고
길 따라 한나절 바닷길 접어들면
바람소리 파도 타고 들릴락 말락
정낭 하나 둘 해그늘 걸쳐 졸면
고개 들고 까마득 발걸음 세어 갈까
돌담마다 맺힌 땀 올레길 적셔 볼까
밭 꼬리 마을 잇고 오름에 해풍 불어
십리길 한걸음에 술술 풀립니다
어슬녁 돌집 들어 걸어온 길 돌아보니
갈림목 돌하르방 혼자 싱겁게 웃습니다.

* 제주도 방언으로 '너하고 나하고'라는 뜻 – 편집자 註

아버지의 영정(影幀)

상중(喪中)의 아버지는
밝지도 슬픈 빛도 없이
평소보다 점잖고 엄숙한
천생 스승의 모습이었다

얼마나 마음이 아프신가
중풍고생 15년, 아이고 고생 많으셨네
죽은 사람보다 산사람이 고생이야
아버지는 그 사람 지그시 노려보다
입술 깨물어 소리 없이 한숨지었다

1911년 생, 1992년 졸, 본명 베드로
올해 아버님이 몇이지, 82세, 살만큼 사셨네
영세도 받으시고, 사흘 전에
호상(好喪)이네 호상, 천당도 맡아 놓으시고
아버지는 부끄러워 국화 뒤로 숨었다

초상 마당 인심 넉넉 이제 알았나
마당에 술국 인심으로 끓어오를 때
왔구나 살맛나는 세상,
한바탕 배꼽 잡고 웃어볼거나

끝끝내 웃는 모습 남기지 못해
부끄럽고 한숨짓는 영정으로 남아있다

어항 속 금붕어

뻐끔뻐끔 물만 먹고 살 수는 없잖아
헛배 더부룩 가끔씩 수면 올라
새벽 공기 뻑뻑 빨아 봐도
씹을 것 없는 그 밥 그 나물
한 뼘 세상 벗어날 수 없어
가끔씩 은하수 펑펑 쏟아지는 바깥세상 넘보다
횟집에 납작 엎드린 광어 생각
화들짝 돌아서는 내 모습 멋쩍어
붕어마름 유유히 흔들리는 사이
선경 찾아 돌아들면
물길 없는 물레방아 도는 곳
큰 눈에 질긴 응시는
긴 침묵 꼬리 흔들어 깨고
불만도 미련도 삭인 채
작은 우주 향해 새롭게 떠난다

11월

막다른 골목 홀아비 둘
서른 날씩 열장도 넘는
세월 넘기고 남는 건
다 끼우지 못한 단추 구멍

살 오른 바람 드나들다
창살에 숨어 징징거리면 문풍지 바르고
바람 끝 몰아세워 끌고 가는 관광버스
뒤에 남는 건
뒹굴다 밟힌 낙엽 더미

내일은 눈이 온다며
반값떨이 부산한 주말장터에
못다 판 보따리 싸들고 길 떠나는
장서방 지폐 몇 장 세다말고
손 끝 시려오는 겨울을 본다

하얀 국화로 핀 너

사월 열나흘
여명을 난타하는 전화벨 소리
불혹의 촛불 속으로 하얀 향내 날리며
눈짓 한번 없이 하얀 국화로 피어버린 아들
국화는 가을에 피고 봄이면 진달래 물드는데
너는 철없이 왜 그렇게 웃고만 있느냐

가자,
아이들 목말 타고 어리광 부리는
아직도 오빠가 좋아 '오빠 일어날 거지'
식어 가는 마지막 온기 끌어안고 오열하는
아내의 된장찌개와 사랑이 끓고 있는 집으로
고놈의 핏줄이 무엇이길레
열 발짝도 떨어 살기 싫은 엄마가, 무심한 아빠가
사랑하는 동생들이 노는 곳으로 가잔 말이다

그야말로 잔인한 사월
어제는 현관에서 초인종을 누르고 미소 짓더니
오늘은 돌마터널을 살아 나오고
내일은 뒷동산에서 맑은 햇살로 마주 하려나

너의 뜻밖의 변신은
우리의 믿음과 소망과 사랑을 한꺼번에 배신해버렸다
계절이 화려하게 무르익고 세상이 행복을 노래할 때
우린 널 가슴에 묻고 눈물을 삭여야한다
우리 바보처럼 다시 꼭 만난다고 웃자
아, 산사람의 모질고 궁색한 아이러니여!

- 2012. 4월

당신의 빈자리

남들은 혼자 사는게 속편하다지만
늘그막에 이건 너무 하지 않소

내가 언제 당신에게 반찬 투정 한번 했소
주면 주는 대로 고맙다 말 없어도
배부르면 고만
식탁 마주 보던 자리, 빈자리

늙어간다 귀찮다 당신 눈치 살피느라
좋다 싫다 말없이 거실 잠 잤지마는
오늘 새벽 웬 일
당신의 숨결 머물던 자리
터-엉 빈자리

외로움과 헤어짐은 남의 일
칼로 물 베기도 몰랐던 우리
당신의 유언 아직 빈칸으로 남아
밤마다 꿈을 오려 눈을 붙이고
딱 한번 만나볼까 뒤척일 때에
우두둑 떨어지는 새벽 빗소리
이건 정말 너무 하지 않소

- 2018. 상처한 친구에게

3부 詩

매미의 변

매미의 변(辯)

그 해 여름은
내 세상이었지
새벽부터 때 맞춰 노래하면
배고픔도 한숨도 짙은 그늘에 숨고
한낮 땡볕도 익어 시냇물에 놀았지

여름은 금세 가을 창가에 나앉았지
한동안 소요산매미로 숨어 살며
울 수 없는 시한부의 삶이
기가 막혀 웃었지
굼벵이로 참아 살던 긴 세월이 야속했지

올여름 지상에 나와
죽은 나무에 허물 벗고 산 나무 옮겨 붙어
세월호 슬픈 목 안고 막장으로 나갔지
한강은 몸 부려 서해로 돌아섰고
북한산 메아리 빌딩숲에 귀 막았지
이미 잊었다, 내 울음은
헛웃음까지도

오후의 카페라테

햇살 늘어진 2층 테라스
거리 내다보면
한물 간 마을버스 쉰 문소리
느긋이 오르내리는 세상

보기 싫어
갓 끓는 커피 후루룩
익어버린 촉각의 고통에도
코끝 서성이는 달콤한 내음
입 맛 다시면
풀어진 하트에 떠오르는 사람

식어버린 찻잔
리필로 데워보지만
흐려지는 라떼 겉도는 핑크
눈가 깊은 덧줄 속에
가라앉는 오후

혼자 놀기

우승 테이프 끊고 들어가
배 타고 혼자 놀고
답답할 때 머리 툭툭 치받아도
엄마는 잘 논다며 웃는다
포대기에 싸인 채 무아 즐기다
똥오줌 뭉개놓고 울면 금방 치워놓고
아이고, 우리 새끼 시원하다 얼러준다

세 살 무렵 단짝 친구 외가 가면 혼자 놀다가
소꿉놀이 외로울 땐 여보 빨리 와, 사랑해!
중얼거릴 뿐 놀면서 큰다

인생은 육십부터
환갑 칠순 잔치는 남의 일보듯
타향살이 울적하면 정들면
고향이라 노래하다 넘어가고
허무 밀려오면
시 한 수 짓다 돌아가고
술 한 잔 얼큰하면 실없는 소리
미투 걱정에 여보만 귀찮게 하다
풀쐐기 한방에 등지고 돌아눕지만

찢어낸 달력엔 오는 날들이 총총히 박힌다
내일은 혼자서도 넘어지지 않는
세발자전거를 타고 싶다

꽃보다 단풍이

꽃은 우듬지에 피어
다가서야 보이고 향을 맡으며
단풍은 온몸에 물들어
멀리서 보고 들어가 맥(脈)을 짚는가

코스모스, 넌 길가에 시달리고
들국화는 외로운 강변에 피라

파란 바람 불어 하늘 높아가면
꽃잎 떨구고 머리에 열매 이고
붉은 치마 곱게 다려 접부채로 두었다가
가시 닮은 시새움도 기러기 주고
꽃그늘 얹혀살던 깊은 고독도
꽃잎 이슬 묶어 흘려보내고
아침햇살 저녁노을 긴 여름 함께 묶어
옹달샘 깊은 독에 진하게 담갔다가
올가을 얼씨구 풍경 한 장 건져 올리다
상엽홍어이월화(霜葉紅於二月花)*

_____

* 서리 맞은 단풍이 봄꽃 보다 더 붉구나. (두목(杜牧), 「산행(山行)」中)

광장의 진눈깨비

맷돌 덜 갈린 싸락눈의 가련함도
살진 함박눈의 여유도 없다
일 년 농사 한입에 털어먹는
무식한 우박의 용기는 아예 없다
흑싸리 껍데기도 모이면 쓸모 있다고
쥐꼬리만 한 양심은 있다고
너는 진짜 눈인가
빗물은 눈물이 아니라고 우기다
당당한 충무공 동상 기대어 묻는다
촛농인지 눈물인지 손등에 떨어진다

종로 3가 후미진 술잔 속에 어리는
광(光)도 피(皮)도 아닌 얼굴 너무 미워
젓가락 휘휘 저어버리는 남은 자존
술기운 물탄 듯 술탄 듯
초저녁 스며드는 물기가 짭짤하다

- 2016. 12월

바닥보기

한낮에 누워 천장(天障)을 본다
손바닥만 한 무궁화 꽃이 시든다
위층 아이들 쿵 쿵 뛰는 소리
천장이 바닥이다

엎드려 바닥을 본다
갑자기 깔깔 웃는 소리
엊그제 못산다 울부짖던 아줌마
재미없게 따라 웃는다

벽에 기대어 물구나무선다
모란장이 보인다
누구 말대로 없는 것 빼놓고 다 있다
체면도 먹고 마시고 위선도 팔고 사고
꽁치 몇 마리 바닥에서 산다

해가 기우뚱 난장이 질펀하게 취해간다
돈 넣고 돈 먹기에 수월하다
등지면 천장이고 엎치면 바닥
낮보다 밤이 밝은 강원랜드다
오랜만에 바닥을 보았다

미운 친구

막걸리 순한 소주 맥주 주문 받으면
왜들 그래, 톡 쏘아붙이고
빨간 딱지 쐬주 찾던 친구

사기꾼 도둑놈, 선거 얘기 안주 삼다
너나없이 열 오르면 너나 잘 해,
찬물 끼얹던 사람

술 거나하면 언제 그랬느냐
오늘이 최고여, 술 돌리는 뚱딴지
오줌 누러 간다 친구들 하나 둘 사라지면
혼자서 술 잔 보고 웃는 늘보

눈 먼 붕어 한 마리 물면 월척(越尺)이다
소리치다 늘어진 낚싯줄 감던 바보
뭣이 바빠 가을걷이 코앞인데
이른 새벽 굴뚝 연기로 사라졌나

착한 사람들

우리를 버리고 가는 그대는
움직이면 위험합니다
가만히 기다리세요
착한 선장님

사고 1시간 경과
탑승 474. 구조 34. 사망0. 실종 440

학생들 다 살았대요
누가 그래요
방송에 나왔대요
기다리면 산대요
정말 착한 사람들

해경은 북치고 장구 치고
정부는 이랬다저랬다 허둥대고
사과인지 사심인지
용퇴인가 해임인가

사고 2주 경과
탑승 476. 구조 174. 사망 225. 실종 77

아직도 뱃속에서
꼼짝 않고 기다리고 있네요
너무 착한 사람들!

- 2014. 4. 16. 세월호 참사

법화산(法華山)* 사람들

뒷동산 법화산 줄기
옹기종기 모여서 산다

봄이 오면 동네방네 벚꽃 단장 들썩이지만
바위고개 숨어 피는 진달래 수줍음에
가슴 설레는 사람이 산다

시원한 여름 찾아 서울 바닥 텅 비어도
파란 이끼 깊어진 산그늘 그리며
못 떠나는 사람이 산다

설악산 내장산 단풍구경 좋다지만
갈색 낙엽 주워 들고 초록을 보는
그리운 사람이 산다

산사 하나 없이 고독한 법화산에
눈 내리면 따끈한 커피 한잔 나누는
따뜻한 사람이 산다

---

* 법화산(法華山) : 경기도 용인시의 기흥구 소재.

가을 남자

어느 가을 소슬바람 느긋한 오후 3시
가슴 숭숭 뚫린 남자는
낙엽 책갈피에 고이 간직하고
헤어짐은 슬픔만은 아니라며
그 가을 다가도록 시를 쓰며 살았다

빛 잃은 수많은 낱말들이 나들목에 갇혀
누렇게 뜬 책갈피 속에서 숨 헐떡이며 살아도
가끔은 황금빛 나래 펼쳐 넓게 물들어가는 벌판 날고
기우는 햇살에 황혼 한 접시 우려내어 한잔 또 한잔
물기만 보면 조루처럼 달려오는 밀물
텅 빈 플라스틱 통 붙들어
'너도 한때 깃발 날렸지'
스러지는 갈색 줄기 붙들고
부르르 떠는 가을 남자.

낙엽 그 후(後)

어젯밤 미투 바람에 버둥대던
젊은 것 늙은 것
사정없이 떨어진 다음 날
처자식 잃고 그래도 고향이라며
산 다랑이 긁어먹고 버티던 산도씨
밤새 진눈깨비 뒤척이던 날
멈추는 건 죽는 것이라
외치며 바람 끝 잡아 막차를 탔지

서울역 동지 만나 광장 건너 지하로
담요 한 장 싸들고 덜렁수캐처럼 싸다녔지
정신없는 미친놈이란 손가락질에
어느 꼭두새벽 아파트 비집고 들어섰지
벚나무 그림자 어정거리는 자투리땅
시루떡 고물처럼 묻어 살았지
밑동에 머리박고 죽어있었지

보이지 않으면 잊힌 것이라
곰곰이 생각하다 꿈을 꾸었지
뿌리박고 줄기타고 가지 뻗으면
새잎으로 살랑살랑 봄을 흔들 것이다

촛불 한마당

불이야!

병신년 동짓달 큰바람이 불었다

엿 잘 팔다 틈만 나면 일내던 말썽꾼 하늬바람도 아니고 돼지 불알 놀 듯 흔들거리다 긴가민가 마파람은 더 아니고 우리가 남이가 길길이 뛰다가 게 눈 감기듯 사라진 샛바람은 더욱 아니고 아서라 세상사 쓸데없다 감자나 먹자던 높바람은 더더욱 아니다

북악산 밑 파란 집 노처녀가 불을 냈는디 불 끄러 가자고 사방팔방에서 사람들이 모여들것다

여보시오 서울양반 불 끄러 온 사람 꼴 좀 보소

손에 손에 찌그러진 냄비, 주전자 양동이 대야 하다 못하면 덜 깨진 바가지에 물이라도 한 방울 퍼들고 올 것이지 이 잘난 사람들아 무슨 개좆같은 촛불 들고 지랄이여

뭐라고? 야 이 닭대가리 반쪽 같은 사람아, 우리가 불 끄러 온 지 부채질 하러 온 지 니가 시방 아냐?

손에 손마다 양초 중초 대초 밀초 화초 들다가 망태영감 촛불은 바람 불면 다 꺼진다 한마디에 종이 등 심지어 전자촛불까지 꼬나들고 서대문 동대문 북대문 바람 몰아 광화문 들어서니 넓고 큰 마당이 불바다가 되었구나 촛불마당 어울 마당 종로바닥 광화문 북악산이 들썩들썩 불난

디 부채질이야!

 세종대왕 충무공은 이미 큰 뜻을 헤아린지라 군중을 관
장하고 선봉대는 경복궁역 돌아들어 청운동에 집결하고
사랑채를 선점하라 묵시로 교지를 내리것다

 이 한 몸 낄 데 없어 촛불 하나 얻어 들고 꼬리 찾아 들
락날락 하다보니 시청 앞, 남대문까지 밀렸구나
 아니 근디, 저그 저 사람들 누구여, 태극기 들고 그네 그
네하면서 박타는 사람들 얼레, 태극기 휘두르다 못해 입
어버렸네
 죄 없는 태극기를 저렇게 함부로 혀도 되는기여
 참 답답한 양반 말은 해야 맛이지라
 태극기는 우리나라 상징이고 88올림픽 때 2002년 월트
컵 때 방방곡곡에서 대−한민국 짜잔 짜 잔 짜 알것지라
 태극기는 그렇지만 성조기는 왜 그런디여
 성조기는 미국것인디 그 머신가 또 한 번 살려 달라 그
말 아니것소 두말하면 잔소리지
 그럼 저 사람들은 애국자끼리만 모였는게비라
 어허, 이 양반 또 잘 못 짚었고만 아따 나도 모르겠소 잘
가시오 잉
 남대문 우편에 태극바람 깜박깜박 광화문 광장엔 촛불

잔치 들썩들썩
　어디서 군화(軍靴)소리 들리나 지레 놀랜 가슴 덜컹덜
컹 어메 경찰이네 고맙소 내오래 살다보니 경찰이 반가울
때가 있고만
　제발 회오리바람만 안 불게 막아주소

　여주인은 아직도 안방에 버티고 앉아 고집을 부리며 하
는 말
　시녀가 불을 낸지 모르지만 나는 모르는 일
　이러려고 청와대 왔던가 후회 막심하단다
　어차피 버린 몸 이팔(二八) 무대(武大) 들고 버티기다
　촛불들이 더 모였다 맞바람 태극바람 끈질기다
　바람 앞에 촛불은 역사를 새로 쓰며 더욱 세차게 타올
랐다
　결국 광화문이 빗장을 풀었다
　대왕의 고뇌와 결단, 충무공 단호한 명령이 들린다
　"파란 집 죄인을 끌어내라" 땅, 땅, 땅,

- 2017.

바람은 숲에서 산다

뒷산보다 낮은 하늘
태양 등 지고 산허리 비틀거리면
한여름 그을린 바람 골짜기로 내려와
세상은 한낮인데 바람은 숲에서 분다

가지 끝 목마른 이파리 샘물 빨아올려
영롱한 햇빛 잠자던 바람 일깨워
부챗살 펴고 돌개울에 뿌리 내리고
숲 그늘 부푼 가슴 달랠 길 없어
줄기 타고 올라 무심한 가지만 흔든다

싹 트고 잎 돋아 꽃 피는 것
단풍 들어 낙엽지고 숲이 되는 건
풀벌레 산새도 다 아는 이야기지만
밤을 쥐어짜는 소쩍새의 속마음은
바람 맞은 숲만 안다

한낮 중천이면 응달에 널브러져 쉬는 척
땡볕 걷어차고 산모롱이 휘저으며
금방 떠나는 사람 잡을 수 없어 놓쳐버린 옷깃

삼원색 흥건히 풀어 뭉개버린 갤판
뒤집어쓰고 바람은 숲에서 산다.

숨은 별 찾기

봄 하늘 본다

노란 개나리 돌담에 팔 걸치자, 늦었구나, 누렇게 뜬 황해 건너온 황사(黃砂) 눈앞에 내린 주의보는 목, 가슴으로 전이되어 이제 황달이 된다. 미세먼지 나쁨 아주 나쁨, 사흘이 먼 오존 경보 속 숨은 별 찾는다

마당 한 뼘 없어 누울 수 없는 내 땅 서울에서 별 찾아 도끼눈 갈아 밤 깊도록 하늘을 찍는다

서대문 광화문 종로 바닥 샅샅이 훑어 청개천 들어서자 한뎃잠 자던 별무리, 벗겨진 잉어 비늘처럼 반짝인다

광화문 도도히 흐르던 촛불 내리자 형광(螢光)이 외롭다

이게 별이냐, 나는 금방 남사스런 그곳을 빠져 나온다

별들의 귀항지, 아프리카로 가자

벌거벗은 하늘 저녁 노을 갓 씻어낸 싱싱한 별을 보자

알레*의 멧부리에 누워 하늘을 본다

하늘이 엘리베이터를 타고 반쯤 내려앉자 지구는 몸을 조아리고 사람도 눈을 깔고 우러르다

보면 볼수록 돋아나는 별

세면 셀수록 많아지는 별

바라볼수록 가까워지는 별

---

* 에르타 알레산. 에티오피아 북서부에 있는 산. 해발 613m.

눈도 별도 하나 되는 밤

'잠보'**로 맞아주던 킬리만자로 여인의 검은 눈짓이 별 빛으로 스며드는 밤

용암 훑고 나온 매캐한 연기가 재채기가 야영장 쓸어갈 때 문득 톡 쏘는 술 냄새 입가심 돋아난다

도수 높은 싸구려 알코올 입안에 들어서자 크으ㅡ 목젖 이 따끔따끔

알근하여 하늘 보니 원시가 밝아진다

수많은 별들 보란 듯이 반짝이고 내별 닮은 별들도 수줍 게 고개를 든다. 연거푸 셔터 누른다 갤러리를 본다 먹방 이다

여기도 별은 없다. 술이 깬다. 숨은 내 별은 어디에

내 고향 두메산골로 가자 그 곳엔 아직 별들이 살아있겠지

시골집 마당에 멍석 깔고 누워 하늘을 본다

후덥지근한 비구름 사이로 숨바꼭질하다 들킨 별이라 도 찾자

내 어릴 적, 별은 억 수로 많아 눈 속 우물 속 가슴속 어 디에도 살았다

** '안녕' 아프리카 동부 마사이족이 자주 쓰는 스와힐리어의 인사말

누나는 십자수 놓다 말고 하얀 밤 두근두근 사내와 속삭
이다 입소문 번져 마을에서 쫓겨날 뻔 했지만
　지금쯤 부모님 작은 형 뒷동산에 누워 나처럼 숨은 별
찾겠지 혹시나 하고
　그땐 도랑 건너 방물장수 외딸이 옆에 누운 마나님보다
예뻤지
　아끼다가 남 줬지 아 고놈의 못난 용기 그녀는 지금쯤
별이 됐을까
　다시 하늘을 보다 잠이 들다
　샛별도 잃은 새벽 숨은 별 하나 내 옆구리 파고든다.

- 2018. 3월. 아프리카 에치오피아 알레 활화산에서

4부 詩

부시먼에 길을 묻다

피니스테라*의 지팡이

앞서다 뒤서다 다시 걸어도
믿음은 오직 십오 유로의 막대기
아침저녁 수많은 인연 만났다 헤어져도
두 걸음에 한 걸음 내딛는
너의 선택에 나는 따른다

저녁이면 알베르게** 2층 침대 나란히 누워
퇴색한 가리비 껍데기 가리키는
저 피레네 너머 별들의 들판
꿈꾸던 200리길 짚어 간다

순례길 외로운 돌무덤
주인 잃은 지팡이 하나, 둘,
땅 끝 세상 끝 찾아 버림인가 비움인가
십자가 되어 귀를 열고 고해를 듣는다

지팡이 하나, 날 버리고 가신님은 어디에
지팡이 두울, 아리랑 아리랑 아라리요
길손 하나, 쥔은 없고 까미노의 페리그리노

---

* Finisterre. 라틴어로 '세상의 끝'을 뜻하는 스페인의 땅끝 마을. – 편집자 註
** 스페인 산티아고 순례길에 있는 순례자를 위한 숙박시설. – 편집자 註

길손 두울, 남은 것 땀 냄새 절인 양말 신발 내의
돌 바위 등대 옆 거둬지면 태워지고
대서양 뿌려주는 바람
당신은 어디로

- Finisterre. 2011년 5월 29일

코르코바도의 예수

그날 골고다의 언덕
십자가에서 피 흘리신 인간 예수는
애증(愛憎)의 언덕에 또다시 섰다

동굴의 문 열고 부활하신 예수는
그리스도가 되어
세상의 불가사의(不可思議)가 되어*
리우의 공중에 떠
자애로운 모습으로 우리를 본다

안데스를 나는 콘도르의 날개보다
더 큰 팔 벌리고
지상의 온갖 비둘기 다 불러 모아
말씀하신다

내려가고 싶다고
높은 코르코바도** 정상에서

---

* 리우의 예수상 : 2000년 신(新)세계7대 불가사의(不可思議)선정, 높이38미터.
** 코르코바도산(언덕) : 브라질 리우 . 시내에 있는 산, 높이704미터.

가장 낮은 곳*** 으로
다시 제자의 발을 씻기고 싶다고

*** 꼬파까바나 해변 : 리우데자네이루에 있는 해변(세계 3대 미항).

부시먼*에 길을 묻다

쿠방고 강**은
넉 달 스무날을 사막 돌고 늪에 빠져
순도(純度) 없는 맹물로 남아
끝내 바다 잃고 오카방고 델타***에 몸을 부린다

허공 아래 스치는 스크린
셔터 누르면 모자이크 속 편린(片鱗)
한 조각 아쉬워 강가에 샛문 열면
모코로**** 좁은 코에 우뚝 선 늙은 사공

흔들흔들 장대 저어 엎어질 듯 물길 트면
갓 핀 수련 옹기종기 얼굴 수줍고
내어준 물길 따라 한낮이 기우는데
닿는 곳 사방을 돌아보니 여기가 거긴가

없는 길에 찍힌 살아 있는 흔적도
한줄기 모래바람 지나면 그만이다

---

* 부시먼(Bushman) : 남아프리카 칼라하리 사막에 사는 흑인종의 하나
** 쿠방고강 : 보츠와나의 칼라하리사막 늪지대인 오카방고 분지로 흐름. 길
　　　이1,600km.
*** 오카방고 델타 : 보츠와나. 생태계의 보고(寶庫)라 불리는 곳.
**** 모코로(Mocoro) : 통나무를 파내 만든 카누, 전통 쪽배.

오래 전 강이 바다를 묻는 것처럼
부시먼에 길을 묻다

모레노 빙하*

지상에서 하늘로
물로 구름으로 떠돌다
안데스 자락에 산그늘로 숨어
하얗게 밀려오는 거대한 몸짓으로
빙하는 한 치 물러섬도 머뭇거림도 없이
흰 거품 물고 날랜 혓바닥 놀려 강물에 맞선다

만년설의 과욕이 빚은 불통의 계곡
빙하의 등골 타고 흐르는
수정보다 맑은 초록 옹달샘
나그네 두 손 듬뿍 순수를 떠 마신다
아, 머물고 싶다
낮이면 햇살 풀어 따스한 입김 불어넣고
밤이면 별과 함께 꿈꾸는 이곳에

같은 뿌리에서 살다
빙벽 끝 아스라한 전선에
전의 잃은 노병은 백기를 들고
하나 둘 무너지는 소리 쿠-웅

---

* 아르헨티나 로스글라시아레스 국립공원의 주인공 페리토 모레노 빙하. 지금
도 끊임없이 팽창하고 있음. 얼음벽 10~100미터.

마른 번개도 없는 천둥소리 잠자는 빙하를 깨우다
아, 흐르고 싶다

아, 이구아수 폭포
- 악마의 목구멍

저 먼 안데스 떠나
은빛 드레스 펼쳐 입고
강물로 다가오는 이과수의 신부

밤낮으로 하늘 맞대고
맨바닥 적시며 다져 온 세월
한 치 앞도 내다볼 수 없는 목숨은
한마디 구원의 외침도 없이
악마의 가위질에 저 지옥보다
더 깊은 심연으로 빨려 든다

거듭나기 위한 속죄의 몸부림
피어오르는 수천송이 안개의 파편
온몸에 맞아 점령당하고
시야에 회색의 막이 내린다

이구아수
너의 알몸 휘감아 떨어지는
하얀 드레스의 퍼덕임
감격으로 끓어 목메다

우유니 소금사막*

옛날 옛적 우유니에
파란 하늘 쪽빛 바다 그리워
먼발치 치마 끝 걷어 올리고
사랑하다 미워지면 빙하(氷河)가 된다

지평선 멀리 작은 산들이
뭉게구름 머리에 이고 두둥실 떠나가면
햇빛 쏟아지는 사막은 소금이 되고
별빛 내려와 호수에 잠긴다

바람은 잔잔한 물결 닦아
거울처럼 맑게 펼치고 속삭인다
'잠자리가 되어 날아보라고'
하늘 닿고 땅 닿고
빙빙 돌다 금방 그림자가 된다

사막이 마른침을 삼키고 피식 웃었다
싱거운 놈
아나, 소금이나 먹어라

---

* 남미 볼리비아에 있는 세계에서 제일 큰 소금사막, 소금호수.

마추픽추*의 아침

시린 새벽 진한 안개 저으며
우루밤바 강을 건넌다
하늘이 단추구멍이다

산허리 돌아 마추픽추를 찾는다
첩첩 산은 검푸른 벼랑
산새 한 마리 키우지 않는다
공중에도 하늘에도 도시는 없다

반쯤 기운 하늘가에 송곳니
기어오르면 와이나픽추
오, 아침이 빚어내는 산
백로의 날개 짓 살아나는 청자빛이여!

망지기의 제국도 떠난 빈집
인티 조차 버린 잉카의 고향에
알파카 한가로이 풀 뜯고
돌 벽 줄줄이 맺힌 가슴마다 아침 햇살 풀어 놓는다

_____

* 마추픽추 : 페루 중남부 안데스 산맥에 있는 잉카 후기의 유적.

빅토리아 폭포
– 모시-오아-툰야*

하마의 굽은 잔등 너머
끝없이 드리우는 광목천
빛살 찍어 빚는 만년설

끓는 솥뚜껑 열어젖히면
얼굴 없는 심연
모시-오아-툰야

패인 줄기에 맺히는 골 깊은 원시
큰 눈 껌벅일 때마다
부서지는 검은 진주를 본다

구부러진 등 얹히는 무게
벼랑 타고 내리는 지옥의
무릎 꿇은 늙은 낙타의 한계여

---

* 원주민 콜로로족이 빅토리아 폭포를 부르는 말 '천둥치는 연기'라는 뜻.

하쿠나 마타타*

숲 길 터지면
앞으로 한 걸음 뒤로 두 걸음
밀려오는 순한 그림자
타고 난 몸치 안마당 들어서면
잠보, 잠보**
한순간 누가 주인이고 손님인가
땅 짚고 굴러 바지랑대 휘어질 듯
뿔난 짐승 하늘 치받고 뛰고 또 솟아라
하늘 가까이 검은 구름 뚫고
맑은 빗방울 맺히면
족장 주검 앞에 무릎 꿇어
장대 긴 얼굴 눈 한번 끔벅 않고
하늘 바라 주문(呪文) 외다
아악, 날벼락 천둥소리
표범은 어디가고 원숭이만 펄쩍펄쩍
하쿠나 마타타, 하쿠나 마타타
드높은 노랫가락 빨라가는 손뼉 장단
멀리 검은 눈 털고 흰 눈썹 그리며
일어서는 킬리만자로

- 2018.

* '아무 문제 없어요'라는 뜻의 스와힐리어.
** 아프리카 동부 마사이족이 자주 쓰는 '안녕'이라는 뜻의 스와힐리어 인사말

세렝게티*의 아카시아

언제부터인가
인간과 동물이 벌이는 숨바꼭질 지켜보며
스스로 사바나**의 주인 되어 오늘도 일기를 쓴다

피부색 다르고 몸집 작고 못생겨도
타고난 것이라 위로하고
잔꾀 못 부려 가진 것 없어도
갑질 하지 않으며
사슴에 잎 가시 모두 뜯겨도
순리라 적으며 가지를 접는다

초원과 하늘 맞닿은 곳
세렝게티에 나무꾼으로 왔다가
저주받은 목신(木神)되어
200만 년 전 호모하빌리스***가 쉬던
아카시아 그늘로 서 있다

---

* 탄자니아 북서부의 초원. 유네스코 세계 자연유산인 야생 동물보호구
(Serengeti National Park)를 포함. 3만 km²가 넘는 땅.
** 건기가 뚜렷한 열대와 아열대 지방에서 발달하는 초원.
*** 약 150만 년 전 살았던 화석 인류. 1959년 탄자니아 올드바이 협곡에서 발견

갠지스의 꽃불

바라나시에 해가 진다
골목 찾아 다히 한잔 입술 축이고
가트에 불 켜지면
타다 남은 뼈를 물고 사라지는 들개

사람 실은 나룻배
강 거슬러 저승에 내리고
혼불 도깨비불도 강물 위에 떠돌면
짐승도 사람도 한 무리로 몸을 씻는다

강가에 불이 붙고
마른 장작 같은 근육이
묽은 송진으로 녹아내린다
군중 사이로 핏빛 강물이 보인다

불꽃이 기지개를 켜고 나래를 편다
고관절이 우두둑 내려앉는다
넋이 옷을 벗고 강물로 뛰어든다

갠지스의 꽃불, 디아가 발그레 눈을 뜬다

나쿠펜다 비치*
– 눈썹섬

섣달 그믐밤 참고 참다
눈썹 하나 그려놓고 가라앉는 잠든 바다

나 잡아봐라 사랑하는 사람아
허연 모래 날리며 소리소리 질러도
쪽빛 소리에 귀먹은 갈매기

잔지바르 서쪽 파도너머 해지는 곳
등대 하나 없는 멀쩡한 대낮
나룻배도 접할 수 없어 알몸만 간다

---

* 탄자니아 잔지바르 서쪽, 일명 눈썹 섬.

5부 時調

모악 연가

옹이구멍

어린 새 깃털 벗고 빠져나간 옹이구멍
덩그러니 아문 자리 나이테 풀어 가면
비탈길
빈 바랑 걸고
또 한 고개 넘는다

고추바람 막아주고 빈자리 내어 주고
눈비 맞아 썩어들면 가슴조차 비워두고
귓바퀴
새는 틈으로
산새 울음 들리다

아픔 도려 낸 자리 애간장 말려 두고
옹이 속 그늘 숨어 깊은 한숨 고인 늪에
햇볕이
문 앞에 앉아
굳은 살 주무르다

액막이연

작년 띄운
송액영복
나무 끝 걸려 있다

살점은
발라가고
댓살만 살아남아

보란 듯
앙버티고 서서
눈보라에 맞선다

청성곡*

회돌이목 흔들어 여울목 넘어서면
아스라한 하늘 끝 흘러가는 자진 한 잎
청공에
자지러진 별
새벽이슬 구르다

갈대 속청 한 잎 뽑아 은하에 끼워 넣고
붉은 입술 곱게 모아 댓바람 실어주면
칠성공
노 젓는 가락
맺힌 매듭 푸는 소리

명주실 곱게 뽑아 몸뚱이 칭칭 감아
물레에 걸어놓고 한 실어 잣는 소리
갈잎에
바람 에는 소리
가을밤이 서럽다

---

* 청성곡(淸聲曲)=청성자진한잎=요천순일지곡, 대금, 단소 독주곡으로 연주

까치밥

감망 속
텅 빈 가슴
푸른 하늘 휘저으면

아스라한
홍시 두엇
서산마루 올라서서

지는 해
바라다보다
노을 속에 잠긴다

까악까악 반가운
님 날 찾아 날아오면

쪼그라진 반쪽 얼굴
한두 입 맛보인 뒤

나목 끝
붙들어 잡고
겨울 따라 나선다

할매와 바둑이

잡풀 꽃 다독이다
바둑아 불러보면

앙가슴 파고드는
알미운 꼬락서니

할매는 그 맛에 산다 식은 가슴 데우며

헌 신발 물어뜯고
한바탕 놀다보면

휘이익 바람소리
몽당비 나는 소리

바둑이 깨갱깨갱 엄살 꼬리감고 내뺀다

석목탁(釋木鐸)

석목탁 앞세우고
도량천수 외워 가면

연꽃잎에 이슬 굴러 정화수 남실남실

물방울
퉁기는 소리
풍경소리 해맑다

한번 때려 닭이 울고
두 번 치면 개 짖는다

잠자는 중생 깨워 새벽 예불 드리올 적

스님은
빈가슴 두드려
사바의 문을 열다

겨울산

징징대며 우는 바람
등성이로 내보내고

낙엽더미 함박눈은
가슴 위에 덮어두고

나목은
산지기 되어
새봄을 기다린다

새소리 옹이 빼서
고막 깊이 넣어두고

개여울 물소리는
간장 속에 우렸다가

산자락
아지랑이 피는 날
슬며시 노래하리

보릿고개

해 무지 긴 봄날이면
초근목피 풀칠하며

우리 모두 보릿고개
허위허위 넘었다

배고픔 참다 못 참아
물배 채워 살았다

허기진 하굣길에
징검다리 막 건너면

외할머니 앞치마 속
따끈한 하지감자

그 시절 못내 그립다
풋나무 타는 내음

찜질방 모래시계

사하라 갈고닦은
한줌의 모래알을

호리병 굴레 씌워
시간을 걸러내고

땀방울
훔치다말고
일어서는 오뚝이

향일암*에서

찌는 더위 둘러매고
산모롱이 돌아들면

녹음 흘러 머문 곳
암자 슬쩍 끼어들고

바가지 비울 때마다
솟아나는 물소리

나른한 풍경소리
더위 먹은 목탁소리

팔자 좋은 개 보살님
혓바닥 늘여 빼고

약수터 오가는 중생
길흉화복 점치다

───────────

* 향일암(向日庵) : 전라남도 여수시 돌산읍 소재.

공룡능선 맛보기

비선대 올라서서
쥐라기 헤아린다

때마침 구름바다
등허리를 감아쥐고

고 서방 어서 오게나 쓴맛단맛 다보시게

마등령 올라타니
공룡이 꿈틀꿈틀

까짓것 이랴 하고
볼기짝 때려보니

억년 볏 닦아 세우고 내외설악 갈라치다

칼능선 금빛 석양
빤짝하다 사라지고

무너미 고개 너머
신선암 눈앞인데

가랑잎 밟히는 소리 어둑서니 놀라 선다

비의 사계(四季)

봄비는 일비라고 비 맞아 논밭 일궈
어제 보던 청보리가 몰라보게 자랐구나
못자리 모종비라도 촉촉이 뿌려 볼까

비구름 우레 섞어 여름내 울어 내어
참았던 가슴 풀어 장대비 쏟는구나
설치는 가마솥더위 장맛비로 달래볼까

우수수 떨어지는 나뭇잎 장단 맞춰
떡비 소리 추적추적 쉬어갈까 그냥 갈까
삭막한 가을들녘에 서릿발로 솟을까

세상일 엉킨 매듭 술잔에 쓸어담아
겨울비 술비라며 홀짝홀짝 마시다가
새벽녘 진눈개비로 풀어 날려 보낼까

이순(耳順) 넘어서니

이순(耳順) 넘어서니
세월 가는 걱정 없네

앞 뒷산 바라보면
봄이 가고 가을 오고

여보게
갈 때 갈지언정
봄날처럼 살자고

아따 이 사람 맘이야
별일 없이 살고 싶지

애비 서방 체면치레
며칠 새로 끝내려네

뭣이라
또 귀 먹었네
일찌감치 가보게

G선상의 아리아

밑동으로 배 띄워
일어서는 고동소리

가뭄도 장마도
닿지 않는 심해 풀어

대륙붕
흔들어대다
떠오르는 해조음

당기고 풀어주는
아픔 딛고 일어서는

오로지 믿는 구석
굵어가는 고래 심줄

한평생
외줄만 타고
풀어내는 아리아

울엄마

열여섯 시집살이 손발이 다 닳도록
논밭 매다 배 아프면 금방 가서 아이 낳고
당신은 부자입니다
아들 다섯 딸 다섯

첫인사 밥 먹었냐 또 만나면 배고프지
등 따뜻 배부르면 그 무엇 부러울까
주루룩 정(情) 붓는 소리
물 말아서 다 먹어

어려서 부모 믿고 시집가면 남편 믿고
부모 되어 자식 믿고 늙으니 갈 곳 없네
늦 터진 하느님 사랑
그 줄만 믿으소서

풍물놀이

잔잔한 호수에
돌팔매 하나 풍덩

부뚜막 빈 솥뚜껑 쨍하고 열리는데

어디서 말 발굽소리
흙먼지를 뿌리다

도리도리 끄덕끄덕
천지가 들썩들썩

휘이 휙 상모돌 때 하늘 땅 도리도리

지이 잉 얼 빼는 소리
얼씨구나 절씨구

몰아치는 장구소리
더덩 궁 더덩 더덩

망나니 잡들이듯 사정없이 북 패는데

어디서 박 터지는 소리
암행어사 출도야

봄기운

부드러운 새벽안개 거친 고랑 매만지고
개울 너머 보리 싹 봄기운 수북수북
맨발로 안개구름 딛고
두둥실 떠오른다

닳아빠진 쇠 갈퀴손 땀방울로 흙 돋우면
늘어진 반나절이 새참을 기다리고
풋김치 익어가는 내음
새콤달콤 고이네

마누라 따라주는 막걸리 한 사발에
매운 고추 싹둑 씹고 텁석나룻 쓰윽 쓱
당신 코 빨갛게 익었소
마주보고 웃는다

산정호수*

망봉산 망무봉
호수 속 집을 짓고

선녀와 나무꾼
전세를 들었구나

둘레길 허리 굽은 노송
사랑놀이 엿본다

명성산 기어올라
산정을 바라보니

궁예의 한숨소리
억새 끝 떨려 우네

자인사 뒤덮은 안개
목탁소리 목맨다

---

* 산정호수 : 경기도 포천시 영북면 산정리에 있는 호수

탁구공

3그램 4센티에
눈알이 핑핑 돌듯

이리저리 날고뛰다 얻어맞고 삽니다만

힘세다
우쭐대다간
얄짤없이 다치지요

당신은 돈키호테
나는 착한 로시난테

때리고 막아내든 변신은 주인의 몫

기꺼이
따르겠어요
당신의 뜻이라면

동지팥죽

기나긴 밤 붉고 짙게
주걱으로 저어간다

새알심 뽀얀 얼굴
뽀글뽀글 숨 가쁘다

입안에
군침이 고인다
간부터 보고 싶다

내 나이 몇 살인가
새알심 세다보니

동짓날 역귀 쫓던
조상님 귀띔이다

코로나
팥죽 듬뿍 뿌려
저승으로 보내렴

저승잠

밤과 낮 줄을 매고
고향길 찾아 간다

모시 삼베 질긴 인연 차마 끊지 못한 채

눈시울 붉어진 틈으로
맺히는 한숨소리

검버섯 뿌리 깊게
숨어드는 깊은 잠

허물어진 입가에 숨소리 잦아들고

옷고름 풀어진 가슴에
내려앉는 저녁놀

이승 저승 줄을 매고
요람을 찾아 간다

모시 삼베 질긴 씨줄 차마 끊지 못한 채

요단강 건너다 말고
돌아눕는 한숨소리

삼거리 고인돌*

짝사랑 죽은 처녀
삼거리에 묻었다네

맺힌 한 일어설까 바윗돌로 덮었다네
그믐밤 외로움 사무치면
혼불접시 난다네

바윗돌 여남은 개
널브러진 산그늘

삼거리 간곳없고 인적조차 드문 터에
눈 빠진 명태 한 마리
상석위에 누웠다

---

*삼거리 고인돌 : 강화도 하점면 소재.

안개비 오는 날은
살그미 실눈 뜨고

언덕너머 부근리 남정네 그리다가
맥없이 주저앉은 몸
반쪽 얼굴 서럽다

모악* 연가(戀歌)

수왕사 독경소리 새아침 불러오면

엄뫼 큰뫼 젖줄 내려 넉넉한 김제 들녘

후백제
뿌려진 씨앗
오늘에야 열리네

장군봉 쉰길바위 네발로 기어올라

엄마 품 안겨보니 호남사경 발아래라

휘얼훨
날려볼까요
올망졸망 푸른 꿈

---

* 모악산(母岳山) : 전라북도 김제시와 완주군, 전주시 완산구에 걸쳐 있는 도
립공원.

대원사 보고나니 귀신사 눈 흘긴다

오늘은 옛길 따라 내일은 마실길로

금산사
활짝 핀 벚꽃
무르익는 봄이여

호구(虎口)

쌍화점 들머리에 들어오라 야단법석
텅 빈 화점 가다말고 어깨 짚고 훑어본다
장독간 주둥이 열고 장맛부터 보란다

오갈 데 없는 돌은 변방에 묻어놓고
옴팡진 마디마다 소목에 새겨 넣고
외목에 어흥, 숨겨놓고 마른침만 삼킨다

채석강 파식대

닳아 오른 서해 밀물 마당 덥석 올라 앉아
억년 암벽 들이 받고 머리 감싸 울먹이다
허리에 금줄 하나 더하고 썰물 뒤로 숨는다

드넓은 광장마다 사립문 활짝 열면
하얗게 눈 흘기며 돌아서는 물결 뒤로
검붉은 등때기 다 내주고 짠물만 주르륵

줄줄이 찾던 사람 그래저래 가고나면
맥 풀린 파도 너머 너울이 힘을 얻고
햇살은 다리 쭉 뻗고 돌침대에 눕는다

묵정밭

산자락 돌아서는
시골 옛집 뒤안길

길머리 사라진 두둑
허수아비 누워 자고

잡풀만 고개 쑥 빼고
주인 오나 살피다

오다가다 지어먹던
늙어빠진 밭뙈기

오이 고추 모종 들고
큰맘 먹고 찾아간다

먼저 간 마누라 목소리
쉬엄쉬엄 하란다

연잎 물방울

새벽은 체를 돌려 진한 녹음 걸러내고
물안개 거둬들여 동글납작 빚어내면
아침은 잎새 위에다 햇살을 안칩니다

남실바람 눈짓마다 짝 찾아 모아들고
건들바람 추임새에 은근살짝 입 맞추다
센바람 돌돌 말아오면 연못으로 내립니다

내 그림자

첫울음 터지던 날 빛 따라 나선 그대
날 새면 댕기 풀어 앞서거니 뒤서거니
밤마다 날 끌어 앉고 밝은 내일 꿈꾼다

태어날 때 그 허물 한평생 누벼 입고
넘어지고 짓밟혀도 날 딛고 일어서라
틈틈이 막힌 가슴 속 숨을 불어 넣는다

내 안에 너는 눕고 네 안에 나는 서서
펼친그림 동여매면 거죽만 남는 안식
빈 수레 뒤돌아보면 홀로 서는 넋이여

6부 隨筆

노인 길들이기

매화꽃 잔치

우수, 경칩 지나 봄기운이 완연하나 했더니, 웬걸, 백설
이 날리니 이놈의 날씨가 미쳤나…? 지구 온난화가 시작
되었다는데 아직도 꽃샘추위가 오기는 오는구나.

나이가 들수록 추운 것 보다 좀 더운 것이 낫다고들 하
지만, 우리 지구와 자연의 순리를 생각하면 이 꽃샘추위
를 고마워해야 되겠지. '매화 꽃 잔치'를 보러 세미원*을
한 바퀴 돌아 양수로 넘어 두물머리 석창원*으로 간다.

불현듯 고교 시절 암기해 두었던 조선시대 평양 기생?
'매화'의 시 한수가 떠오른다. 그리고 사람이 뜸한 틈을 타
몇 년 전부터 틈틈이 배운 시조창으로 나직이 불러본다.

　　매화~ 옛 등~걸~에~ 봄절~이~ 도라~오~니~
　　옛퓌~던~ 가~지~에~ 피~엄~즉도~ 하~다~마~는
　　춘~설~이~ 난~분분~하~니~ 필동~말~동……

자기 자신의 젊고 화려했던 날을 생각하며 다시 그 때로

---

*세미원(洗美園), 석창원(石菖園) : 경기도 양평군 양서면 양수리에 있는 자
　연정화공원.

돌아갈 수 없을까? 하는 안타까움과 늙음을 한탄한 기생 '매화'와 현재의 내가 오버랩(overlap) 되어 한동안 감상 (感想)이나 감상(鑑賞)도 아닌 감상(感傷)과 허무에 빠진다.

매화는 엄동설한을 견디어 그 어느 꽃보다도 앞장서서 꽃을 피우고 향기를 풍긴다. 그래서 일찍이 중국의 도원 (道元)은 '봄이 되어 매화가 피는 것이 아니라 매화의 가지 끝에서 봄이 태어나는 것이다.'라고 말했다고 한다. 얼마나 멋있고 기발한 시상인가?

매년 이삼월에 걸쳐 개최되는 매화연(梅花宴)도 이제 얼마 남지 않았다.

선인(先人)과 지인들의 매화사랑과 자랑에 나도 한번 매화에 빠져 보고 싶어 오늘까지 세 번째 석창원 찾았는데 좀처럼 정이 붙지 않는다.

그래, 오늘은 사랑은 그만 두고 정이라도 좀 붙여 봐야 될 텐데….

나는 솔직히 중년이 지날 때까지 주, 색, 잡기 외에는 귀하고 예쁘고 화려한 꽃이나 귀여운 동물일지라도 특별한 애착이나 관심이 없었다.

나이 50이 지나면서 친구들이나 동료 직원들이 영전이나 승진 축하 뜻으로 주고받는 난(蘭), 시대의 산물로 난 기르기에 관심을 가지기 시작하였다.

10년이면 강산도 변한다는데, 우리 집 난은 어떻게 된 일인지 5년 지나 십년이 되어도 꽃 한번 필 줄 몰랐다. '어

찌 나 같은 참새가 봉이나 고니의 깊은 뜻을 알 수 있으리
오, 화려한 꽃과 꿀맛에만 감염되어 잎의 오묘한 아름다
움을 헤아릴 줄 몰랐다.

  퇴직 전 후 난 화분 이십 여개를 값싼 인심으로 다 처분
하였다. 그러나 보름 전 들여 온 보잘 것 없는 어린 매화
와 칠 년 된 천사의 나팔(Angel's Trumpet)** 한 분은 아
까워 없애지 못했다. 2개월에 걸친 스페인 산티아고 성지
순례와 배낭여행을 떠날 때에도 집 근처 농장 주인에게
사정하여 맡기고 갔을 정도다. 극락에 계신 법정스님께서
보시면 무소유가 그렇게 쉬운 줄 아는가? 하고 꾸짖을 것
만 같다. 죽으면 버릴까 싶어 물도 거의 주지 않고 베란다
구석에 처박아 놓았는데, 그러면 그럴수록 새싹이 돋고
생기가 나며 추운 겨울에도 마다하지 않고 꽃을 피워 주
었다. 나는 그들의 끈질긴 삶의 의욕과 도전에 감동할 수
밖에 없었다. 그들에게 두 손을 들었고 생각도 바꿨다. 이
제는 주책없이 망울진 꽃잎 가슴에 코를 박고, 젖을 빠는
진딧물이 행복해 보이기까지 했다.

  오후 5시를 조금 넘겨 석창원 내 전시실로 들어갔다. 안
내 봉사하는 아주머니 두 분과 아저씨 한 분이 하루를 마
감하기 위하여 부지런히 정리 정돈을 하고 있었다. 석창
포 재배수로와 유상곡수(流上曲水)를 보며 신라시대 포
석정에서 연회를 즐기던 경애왕처럼 소주 한 잔 하고 싶
은 충동을 느낀다. 전시된 매화의 종류와 특징을 휴대폰
으로 찍으며 청소하시는 아저씨에게 매화에 대한 궁금증

** 가지과에 속하는 유독성 식물로 관상용으로 많이 재배

을 물어 보았다.

밑줄기가 울퉁불퉁 용틀임하는 것처럼 생겨 용매, 가지가 파래서 청매, 꽃잎 색에 따라 백매, 홍매, 수양버들처럼 실가지가 아래로 축 늘어져 꽃이 핀 것은 난생 처음 본 수양버들매? 이란다. 그런데, 편리와 눈요기를 위한 우리 현대인들의 조작 본능이 여실히 드러난 매화 몇 분이 있었다. 모양을 내기 위하여 억지로 가지를 꺾고 엮고 휘어서 만든 꼼수매? 그 모습이었다. 묘하고 신기하기는 하지만, 글쎄… 인공의 아름다움? 가엽기도 하고 안타깝기도 하다.

많은 매화 꽃잎들은 이제 책임과 의무를 다 했는지, 조그만 다섯 나래를 접기도 하고, 고개를 떨어뜨리기도 하고, 꽃덮이에 붙어버리기도 하여 한 달 전보다 갈수록 볼품이 없다.

어렸을 적, 우리 집 화단에 하얗고 노랗게 피어 있는 매화는 개량종인지 수입종인지 모르지만 꽃송이가 크고 탐스러우며 예뻤었는데.

세계 최초 과학 영농 온실, 정조 시대 궁중 온실, 고려시대 이규보 선생의 사륜정, 육군자원(六君子園), 겸재의 금강산도 복원 등을 둘러 본 뒤, 마지막으로 매화 꺾꽂이를 위하여 전지가위를 분주하게 놀리는 아주머니에게 다가갔다. 그리고 각종 연꽃을 중심으로 한 수중 식물을 가꾸는 세미원, 석창원에서 매화 꽃 잔치를 열게 된 배경과 목적을 자세히 듣고, 오늘이 있기까지의 과정과 관련된 사람들의 공적과 어려움도 들었다. 나는 이렇게 아름답고 맑은 고장, 양평 양수리에서 교직을 마무리 한 것이 정말 자랑스럽다.

매화는 예로부터 군자(君子)의 정취가 있다 하여 사군자로 쳤고, 지조와 절개를 상징하는 대명사처럼 쓰였으며, 송, 죽, 매(松, 竹, 梅)를 삼우(三友)라 했고, 또 매, 수선, 죽(梅, 水仙, 竹)을 일컬어 삼청(三淸)이라 해서 경사스런 축하 의례로서 환영을 받았다고 한다.

매화는 화려하지도 크지도 않으며 향기도 강하지 않다. 수수하고 아담하며 작고 향기도 은은하다. 겉만 가꾸지 않고 잘난 체 하지도 않는다. 자기 책임은 망각한 체 불평, 불만을 말하지 않으며 오히려 내실의 꽃이다.

엄동설한을 이기고 새봄을 이끌어 온 이 작고 연약한 매화를 보며 나는 오늘 우리 서민의 자화상을 본다. 우리에게 닥친 이 시대의 어려운 선택과 위기를 호기로 삼아 매화의 소박과 끈질긴 암향으로 서로를 바꿔보자고.

다산 정약용 선생께서도 고향을 떠나 서울에 계시면서, 또 기약 없는 유배 생활을 하시면서도 세모(歲暮)와 정초에 매화를 바라보면서 죽란시회(竹蘭詩會)를 열어 고향 조안면 능내리 생가와 인접한 이곳 두물머리를 그리워하면서 새로운 내일을 기약하셨다고 한다. 나도 오늘 타임머신을 타고 다산 선생님의 죽란시회에 참석하여 일 년여 열심히 익힌 사군자 치기 실력을 재롱떨어 보련다. 그

리고 이름난 시인은 못 되지만 원시인(原詩人)이라도 되
어 시조 한수 지어보련다.

이순(耳順) 지나더니 세월 가는 걱정 없네
매화만 바라보면 봄이 오고 또 가는 걸
여보게, 갈 때 갈지언정 매향처럼 살자고

아따 이사람 맴이사 그렇게 살고 싶지
애비서방 체면치레 며칠새로 끝낼랑게
머라고, 귀먹었고만 일찌감치 가보게

- 2009. 한국 수자원공사 문예작품공모 응모작(산문부 장원)

둘레길 이야기

  LED 벽시계가 바쁘게 깜박이며 숫자를 바꾼다. 5시 10분. 지난 6월부터 더위를 피하는 방법으로 새벽산행을 시작했다. 창 넘어 아침이 환하게 밝아오는데 아직도 거실 매트에 누워 뒹굴뒹굴, 평생 속썩이던 게으름과 우유부단함은 죽어서야 고쳐질까, 마지막 남은 결기를 부려 물병과 스틱을 집어 들고 문을 나선다. 코로나19 이후 매사 동행에 익숙해진 마누라는 늦잠이 많아 새벽산행은 거의 나 혼자다. 아파트 몇 동을 이리저리 돌아가니 한줄기 시원한 산바람이 반갑게 맞아준다. 밤새 초여름의 푸름이 짙게 밴 숲의 산소를 욕심껏 들이마시며 오늘도 우리 뒷산 둘레길을 간다, 그 지겨운 코로나19가 일깨워 인연을 맺어준 건강의 지름길을 걷는다.

  나이 육십을 넘어 퇴직하고 이 곳 용인 법화산 밑으로 이사한 지도 벌써 10년이 넘었다. 10년이면 강산도 변한다는데…, 이산과 이 숲은 그대로인데 코로나는 이 세상 많은 걸 바꾸어 놓았다. 잠시면 끝날 줄 알았던 코로나는 산 넘어 산이다. 쌓이는 스트레스를 풀 수 있는 길은 매일 같이 둘레길을 찾아 이야기를 만들고 숲과 정을 붙이는 길밖에 없다.

좀 답답할 때도 있지만 규칙적인 산행으로 심신의 건강이 아주 좋아졌고, 그 동안 소홀했던 독서, 글쓰기 등 취미생활도 버릇이 되어 갔다. 불행 중 다행이다. 주역(周易)의 문자대로 '궁(窮)하면 변(變)하고 변하면 통(通)한다'는 게 세상 이치이며 자연의 순리인가보다.

각종 매체에서는 나이드신 어르신은 집에 붙어 있는 게 상책이라니, 산 좋고 공기 좋은 숲길, 둘레길을 걷는 것이 상책 중 최상책이 아닌가?

법화산 입구, 두 갈래길 푯말, 오른편은 383미터 산등성이 길, 왼편은 둘레길 4킬로미터, 나의 선택은 거의 둘레길이다. 나이 들어 무릎 고장으로 급경사와 계단이 많은 정상 길은 무리이기 때문이다. 뿐만 아니라 자연스런 풀숲과 돌 틈을 비집고 난 우리 둘레길은 조금 불편은 해도 아기자기하고 이야기가 많아서 좋다.

십 여분 산자락을 오르락내리락 하다보면 첫 번째 산허리를 오르는 급경사가 나온다, 재작년 겨울 십오 미터쯤 되는 이 비탈을 내려오다가 얼어붙은 눈길에 미끄러져 뒹굴었던 고개다. 다행히 다치진 않았지만 그 뒤로 내가 붙인 나 혼자만의 고개, 이름 하여 '삼년고개'다. 전설에 '삼년고개'에서 한번 넘어지면 3년밖에 못산다는데, 한 10번 굴러 30년을 더 살아볼까? 이심전심인지 지난 봄 지자체에서 침목 계단을 깔고 안전 밧줄도 설치하여 나의 '삼년고개'는 구를 수 없는 고개가 되어버렸다. 고갯마루에 설치된 벤치에 앉아 심호흡을 하고 이마에 맺힌 땀을 닦는다.

또 십여 분 일명 '아흔아홉골'을 돌고 돌면 옴팡진 계곡에 '쥐꼬리폭포'가 나온다. 말이 폭포이지 1미터도 안 되는 높이에서 쥐꼬리만큼 떨어지기에 내가 붙인 이름이다. 누군가 고마운 봉사자가 플라스틱 바가지와 대야를 마련하여 놓았다. 마실 수는 없지만 손 씻고 땀을 닦아 잠시 휴식하기에는 안성맞춤이다. 찬물에 흠뻑 적신 손수건을 짜서 얼굴과 목에 흐르는 땀을 닦고 법화산 중허리를 또 넘는다.

　중허리 마루턱의 간이 전망대에 홀로 서서 마스크를 벗었다. 오랜만에 가슴 터 발끝까지 마음껏 심호흡을 한 뒤 눈앞에 펼쳐진 세상을 한참이나 멍하니 바라본다. 아파트와 산부리가 갈지(之)자로 마주하며 흘러가다가 끝내 아늑한 숲의 품안으로 썰물처럼 잠겨버린다. 이토록 많은 아파트에 저 많은 산과 숲이 없었다면 지금쯤… 생각할수록 아찔하다. 중국여행을 하다보면 우리산은 왜 이런 기암절벽이 즐비한 절경이 없을까 솔직히 아쉬울 때가 많았다. 하지만 기암절벽만 아름다울까, 탯줄처럼 산맥을 끌고 가다 갓 캔 고구마, 감자 같이 열리는 아담하고 실팍진 앞 뒷동산이 더 매력적이지 않은가. 맘만 먹으면 하루에 몇 번도 오르내리며 심신을 추스를 수 있는 늘 푸른 우리 산이 고맙다.

　시계를 보니 6시 20분, 발걸음을 서두른다. 이제 산허리를 두어 개 돌면 '바위고개'다. 새벽이라 그런지 산새소리, 들쥐소리 한번 들리지 않는 조용한 새벽이다. 뒷목이 스멀대어 손가락으로 훑어보니, 어디서 걸렸는지 애벌레가 거미줄과 함께 묻어나온다. 거미에게는 아침밥을 빼앗아 미안하지만 애벌레에게는 내가 구세주인 셈이다.

일명 '바위고개'에 다다랐다. 둘레길 옆 우뚝한 곳에 크고 작은 바위들 틈에 제일 큰 바위 2개가 몸을 기대고 있어 전설처럼 '바위고개'라 칭하였다. 조금 작고 예쁜 바위는 '달래바위', 덩치가 크고 잘생긴 것은 '진이바위'라 하였다. 지금 이순간도 남몰래 사랑을 속삭이는 소리 솔바람 속에 들리는 듯하다.

갑자기 어디서 라디오 소리가 시끄럽게 들린다. 뒤를 돌아보니 나이 지긋한 부부가 요즘 잘나가는 트로트를 크게 틀어놓고 흥겹게 걷고 있었다. 산행의 에티켓을 다시 한 번 생각한다. 아쉬운 마음으로 가곡 '바위고개' 가사를 흥얼거리며 또 한 굽이를 넘는다.

오늘 산행의 마지막 반환점 '용소'이다. 이 산 제일의 폭포며 규모면에서 '쥐꼬리폭포' 보다 조금 크다. 비온지 일주일 정도면 폭포는 사라지고 바위 밑에 우리 아파트 욕탕만한 물웅덩이만 남아있다. 용소는 무슨 용소?, 용이 된다는 구렁이나 살다 갔겠지, 하면서 비웃어 본다. 바위 위에 물때의 흔적이 그림자처럼 거뭇거뭇하게 남아 있다. 볼 때마다 조각가 로댕의 고뇌하는 '시인' 아니면 '생각하는 사람' 같다. 그때 그 기분에 따라 오락가락, 오늘은 '고뇌하는 시인'이라 이름 붙인다.

용소와 가까운 곳에 있는 텅 빈 팔각정에 올라앉아 남은 물을 마신다.

그리고 지난봄에 써놓은 시 '숲속의 하늘' 한 단락을 낭

독해 본다.

  푸름이 짙게 깔린 숲에 누워 하늘을 본다
  반짝이는 햇살 검게 타버린 가지 사이로
  그늘 놓고 하늘 내려와 살포시 몸을 부린다
  돌 틈 비집고 흐르는 물소리
  오랜만에 몸도 씻고 숲속 바람 살랑살랑
  천년 햇살 숲에 누워 지그시 눈을 감다.

  연둣빛 이파리 신록으로 손짓하던 봄날이 어제 같은데, 어느새 숲은 뜨거운 여름빛 받쳐주는 녹음 사이로 길손 끌어들여 힐링을 시작했다.
  돌아가자 내일을 위하여, 쳇바퀴 굴리듯 무심한 나날, 소식 없어 얄미워도 해묵은 친구에게 옛날처럼 손편지도 써보고, 자고나면 목련꽃 뚝 뚝 떨어져 화장터에 날려도 마스크 둘러쓰고 못 본 척 스쳐가는 그리운 사람들, 내일도 숲 향기 솔솔 맡으며 둘레길 걸어야지, 그리고 오늘보다 멋진 이야기를 만들고 써 봐야지.

  - 2021.

노인 길들이기

"어르신, 어떤 일로 오셨어요?"

"예, 저, 저기 회원증 좀 찾으러 왔는데요."

"예, 아버님 여기 있습니다. 수강과목 하모니카 맞으시죠?"

"예… 아버…니임?" 가볍게 되받으며 토라지듯 돌아 섰다.

나이 육십 넘어 처음 대면해 본 사무적 대화 '어르신, 아버님'이란 낱말이 주는 묘한 파장과 뒤틀림을 맛보면서 오랜만에 근사하고 따끈따끈한 회원증을 받아 보았다.

'회원증, 아무개, 2012-06333, ○○노인복지관'

주민복지관이 아닌 60세 이상만 자격이 있는 노인복지관이 분명하다. 또 한 번 노인이라는 낱말이 자존감을 건드려 놓았다. 노인자리에 주민이나, 아니면 그냥 열매복지관이라면 마음이 편했을 터인데.

어제가 청춘이었는데 어느새 60대의 초로(初老)가 되었는가싶어 세월의 덧없음을 실감 한다.

공직(公職)에서 물러나 서울에서 용인 이곳 아파트로 거주지도 옮겼고 속칭 백수가 되었다.

매스컴에서는 고령화시대의 늘어난 평균수명을 대비하

149

라며 백수(白壽), 상수(上壽), 천수(天壽)를 들먹인다. 60대는 아직도 인생의 반을 더 살아야 한단다. 당장 내일부터 어떻게 무엇을 하고 시간을 보낼 것인가.

퇴직을 앞두고 친구들과 인생 선배들의 조언과 충고를 많이 듣고 보았다. 대부분 그들의 일과는 등산과 걷기, 영화감상, 친지모임 등, 단순 건조하고 시간 때우기 식이라고 생각되었다. 좀 더 멋있고 희망적이고 도전적인 삶은 없을까?

주간계획을 세웠다. 월요일은 서예와 사군자 자택연수, 화 목은 탁구모임, 수요일은 하모니카, 금요일은 문학모임, 등 배우고 익히기 위하여 자치센터, 문화센터, 복지관을 오간다. 주말에는 뒷동산 오르기, 각종모임 참석 등 그야말로 눈코 뜰 새 없이 바쁘다. 가까운 친구들의 '과유불급(過猶不及)'이란 충고와 경고도 몇 차례 받았다. '백수가 과로사 한다.'는 말이 실감 난다. 하지만 아직은 내가 좋아하는 일을 즐기고 있는 편이니까 그만 둘 수가 없었다.

노인복지관 회원증이 남긴 기(氣)꺾임을 맛본 후 ○○ 자치센터 탁구반에서 있었던 일이다.

우리 탁구반에 들국화처럼 청초하고 쓸쓸한 모습의 50대 언니가 있었다. 내 눈에는 말입니다. 내가 탁구가 끝난 회식자리에서, "우리 남자들에게 지금부터 '어르신이나 선생님'으로 부르지 말고 나이에 따라 '큰오빠나 오라버니'로 불러주면 좋겠다."고 제안하자, 나보다 10여 년 젊은 이 언니는 제일 먼저 '젊은 고 오라버니'라고 외쳐 많은 우리 회원들에게 한바탕 웃음을 선사해 주었다. 나는 그 날 그녀의 일탈(逸脫)에서 남다른 매력을 느꼈고, 그 기분으로 2차 생맥주 한턱 쏘았지만 말입니다.

어르신, 아버님, 선생님, 아저씨 등의 호칭을 나의 처량한 문전 걸치기 작전이 성공하여 '오라버니나 오빠'로 불러주던 마음 넉넉한 언니들, 지금도 감지덕지합니다. 고맙습니다.

지금은 자체평가 결과 주민자치센터 탁구 수준을 넘어섰다는 이유 아닌 이유로 우리 곁을 하나 둘 거의 떠났지만 말입니다. 그 때가 그립습니다. 쓸쓸하다 못해 삭막한 늦가을 근교 호수에 나가 눈 감으면 잔잔한 물결로 샛노란 낙엽처럼 밀려옵니다. 지금은 더 붉은 단풍으로 물들었을 그 언니가……

오늘도 노인복지관 사무실 옆을 지나면서 며칠 전 '어르신, 아버님'이란 여직원의 친절한 호칭을 왜 그렇게 어색하고 기분 좋은 감정으로 받아들이지 못했을까 생각한다.

인간의 억지와 욕망, 그리고 만족은 정말 끝이 없는 것일까?

인간의 이상과 꿈이 사라지지 않는 한 존재할 수밖에 없는 이 우문을 또 던져 본다. 공자님은 이순(耳順)이면 '귀로 들으매 순조롭게 된다.' 했고, 양약고어구이어병(良藥苦於口利於病)라, 좋은 약은 입에 쓰나 병에는 이롭다, 했거늘, 나의 귀는 여전히 고언(苦言)이 역겹게만 느껴지고, 젊음에의 강한 미련, 아쉬움, 심신(心身)의 괴리로 만족을 모르니 말이다.

하모니카 연수실로 가는 도중 시간이 30여 분이 남아 휴게실 겸 간이 카페를 찾았다. 평소 자판기 스타일이라 달콤한 믹스커피를 마시지만 오늘은 건강에 좋다는 씁쓰름한 아메리카노를 주문했다. 좋다, 쓴맛을 보자, 마음 속 단내를 제거하고 쓴 맛으로 채우자. 커피 마니아 말씀 '고진감래(苦盡甘來)' 쓴 맛이 다하면 단맛이 온다.'고 하지 않은가.

때는 푸르른 오월인데 한줄기 강한 햇살이 커튼 사이를 비집고 들어와 반쯤 먹다만 식어 버린 찻잔을 데운다.

카페는 서실(書室)도 겸하고 있어 신문이나 각종 기본 서적이 양쪽 벽면에 빽빽이 꽂혀 있었다. 무슨 책들이 있는지 책장(冊欌) 속을 두리번거리며 살펴

보다 책장 위 벽에 붙어있는 해서(楷書)체 족자를 발견하고 나도 몰래 미소가 흘렀다.

> 부족하면서도 족하게 생각하면 늘 남음이 있지만
> 不足之足 每有餘,
> 족하여도 부족하다고 여기면 언제나 부족하다네
> 足而不足 常不足

근세조선의 천재학자 송 구봉(宋龜峰)의 '족부족(足不足)'이란 시 구절의 일부이다.

그렇다, 이 정도의 삶에 만족해야지, 불만족이라면 죄받지, 아직 건강에 이상 없겠다, 잡기에 능해 시간가는 줄 모르겠다. 술 잘 먹어 술친구 많아 외롭지 않겠다, 노인

주제에 멋모르고 나불대지 말자.

그런데, 얼마 뒤 참으로 아이로니컬한 일이 생겼다.

매주 금요일 오후의 모임, 향교 문학반에서는 나이를 앞세운 명령식 반말로 내가 물의를 빚었다.

글쓰기 공부를 마치고 간단한 저녁식사 겸 회식 자리를 자주 갖는데 그 자리에서 문학에 대한 토론도 하고 사적 담소를 즐기기도 한다. 따져보니 10살 아래 고향 후배가 있어 회식자리에서 이야기하다 내가 술김에 반말을 한 것이다. "어이 동생, 내 술 한잔 받아. 시는 그렇게 쓰는 게 아니야." 등 등. 그런데 2주 쯤 지나 또 회식자리에서 그 후배가 하는 말, '왜 함부로 고 시인은 이 모임 회장인 자기에게 '동생'이라는 둥 반말을 하느냐'며, 그건 자기를 무시한 발언이며 기분이 몹시 언짢다는 것이었다. 난 그게 아니라 고향 후배이고 정감을 나타낸 말이며 나이로 볼 때 그 정도는 이해가 되는 것 아니냐. 고 변명을 해보았다. 내 또래 회원들도 대체로 내 생각에 동의해주었지만 본인은 이해할 수 없다는 것이며, 나이 든 사람들의 일종의 언어횡포라고 힘주어 말했다. 나는 자의 반 타의 반 잘못을 사과하고 화제를 다른 방향으로 옮겨 떨떠름한 하루를 보냈다.

몇 해 전이던가 우리 아파트 경로당을 내발로 찾았다.

그동안 일 년에 3-4회 퇴직공무원 봉사대에 자원하여 용인시에 있는 요양원 등을 찾아 하모니카나 판소리 봉사활동을 했었다. 그러다 가까운 우리 마을부터 봉사하는 것이 더 나을 성 싶어 매주 월요일 오전을 이용하기로 마음먹었다. 매주 월요일은 회원들이 모두 모여 새소식도 전하고 점심식사도 같이 하는 날이라 회장을 비롯하여 십여 분의 남녀 회원들이 모여 있었다. 간단한 인사말과 입회하게 된 사정을 말한 뒤, 입회원서를 쓰고 입회금도 냈다. 평균연령 만80세, 회원 모두가 고맙고 좋은 생각이라며 칭찬과 박수가 터져 나왔다. 88세 원로 회장님이며 개신교 장로님은 내 생년월일을 보더니 6학년 5반 막내가 왔다며 신입회원 막내가 할 일을 친절히 일러주셨다. 여기 회장 총무도 다 그런 과정을 거쳤다는 것과 감사하는 마음으로 봉사 좀 해달라고 당부하였다. 다른 회원이 나오기 전 간단한 방청소, 쓰레기통 비우기, 각종 차 음료 준비, 등 대충 하면 된다는 것이다. 내가 '어이쿠, 잘못 왔나 봐요.' 하고 반농담조로 엄살떠니, 나보다 1살 위인 전(前) 막내 회원은 '걱정 말아요, 같이 합시다'며 날 안심하도록 유도하였다. 그러나 말과는 달리 도와준다는 그 회원은 한 달 뒤 보이지 않았고, 몇 원로회원님의 나이와 경력을 앞세운 고자세(高姿勢), 구태(舊態)의 생각과 주장, 거기다 다른 내분(內紛)까지 겹쳐 나도 1년 뒤 경로당을 간신히 빠져나왔다.

최근 복지관 하모니카 연주반 개강 첫날 강사선생님 주재로 반장을 뽑는 날이었다. 여반장은 자진(自進)해서 쉽게 선정 되었는데, 남자반장은 수도 아주 적은데다 겸손인지 아집인지 도저히 선출될 가망이 없었다. 노인복지관의 병아리 회원인 나는 참고 망설이다가 난생 처음 용기를 내어 "제가 하겠습니다." 하고 손을 들었다. 모두 뒷자리에 있는 나를 향해 고개를 돌렸다. 좀 쑥스러웠지만 박수가 나왔다. 어차피 저질러진 일, 앞에 나가 인사말을 했다. 인사말 끝에 "여러분, 오늘부터 절 '젊은 오빠'로 불러주시면 더욱 열심히 하겠습니다." 웃음 속에 언니들 쑥덕이는 소리 귓속이 가렵다.

'어이, 덜떨어진 노인네, 오빠타령 작작하고 냉수 먹고 속 좀 차려.'

어떤 위안(慰安)

  평생 겁쟁이로 살아 온 나는 어느날 '인생은 60부터' 란
말을 신조로 모험을 시작했다. 여행사 가이드 꽁무니만
졸졸 따라다니든 내가 이제 배낭을 메고 전세계를 유랑하
게 되었다.

  생각을 바꾸는 순간 모험은 시작된다. 공중 줄타기처럼
외롭고 험난하기도 하지만 낭만과 스릴 서스팬스 , 정말
사는 맛이 난다. 나는 60이 넘어서 인생의 참맛을 맛보기
시작했다.

  졸업과 시작—인간의 욕망과 만족은 정말 끝이 없는 것
일까?

  인간의 이상과 꿈이 사라지지 않는 한 존재할 수밖에 없
는 이 우문(愚問)을 던져 본다. 논어(論語)에 나이 오십
이면 '지천명(知天命)'이라 했고, 육십이면 귀로 들으매
순조롭게 된다. 는 '이순(耳順)'을 넘겼는데도 나의 귀는
고언(苦言)이 역겹게만 느껴지고, 현실 교육에 대한 불만
과 참교육에 대한 열망과 실천하지 못하는 용렬(庸劣)함,
열등의식(劣等意識), 그리고 미련, 아쉬움만 남긴 채, 만

족은 없으니 말이다. 졸업(卒業)은 '다 끝났다'가 아니라 '또 다른 시작(始作)'이다. 라고 매년 졸업생들에게 입버 릇처럼 강조했었는데 나의 졸업(퇴직)을 앞두고 긴장과 불안함을 떨칠 수 없으니…

인생은 시작과 끝, 졸업의 연속이다'란 말을 굳이 들추 어 마음의 안정을 찾으려 하지만 졸업도 졸업 나름이지 근 40년을 몸담았던 교직(敎職)을, 어느 날 갑자기 폭풍 우에 밀려 해변에 나동그라진 소라 껍데기처럼 떠난다 생 각하니, 시원섭섭하다는 평범한 진리보다 허무와 고독이 먼저 찾아와 가슴을 짓누른다.

결재가 좀 한가한 틈을 텅 빈 교무실(교장실)에 앉아 서 가(書架)에 꽂혀 있는 동서양의 고전(古典)들을 이것 저 것 뒤적여 본다.

때는 푸르른 오월인데 한줄기 강한 햇살이 커튼 사이 를 비집고 들어와 반쯤 식어 버린 둥굴레 찻잔을 데운다. '그러므로 깨어 있으라, 이러므로 너희도 예비하고 있으 라, 생각지 않은 때에 인자(仁者)가 오리라.' 마태복음 24장에서 25장의 말씀이 새삼스럽게 먼저 눈에 들어온 다. 이어서 중,고교시절 목사님의 설교 모습이 떠오르기 도 한다.

그렇습니다 여러분, 신랑을 맞이하기 위해 등(燈)을 가 지되 기름을 예비하지 않은 다섯 처녀의 미련함, 봄에 씨 를 뿌리지 않고 추수하려는 농부의 게으름, 당신의 불안, 허무, 고독 등의 스트레스는 모두 이 미련함, 게으름, 미리 준비하지 않은 데에서 오는 것입니다. 보면 볼수록 요즘 사이비 종교인이 되어 버린 나에게도 구절구절이 맞는 말씀이고, 훌륭한 교훈으로 여겨진다.

유비무환(有備無患). 좋다. 나는 퇴직 이후를 위하여 경제적인 면보다는 예능, 특히 국악(國樂) 쪽에 더 신경을 썼다. 아니다. 퇴직 이후를 염두에 두고 준비했다는 것은 사실 무리가 있다. 불혹을 넘기고 보니 젊은 시절 대중가수의 꿈도 접을 수밖에 없었고 그렇다고 그 노래에 대한 열정과 꿈을 포기하기에는 너무나 억울하고 슬픈 일이었다고 해야 할 것이다.

김제여고 근무시절 학교 축제를 끝낸 뒤 뒤풀이 마당에서 한 학부모의 판소리 한바탕을 듣고 매료되어 그다음날부터 자연스럽게 판소리를 배우기 시작했고, 군산고 근무 시절 명창 최난수 명창, 이어 근무지를 경기도로 옮긴 뒤 분당에 남궁정애 명창, 성남의 문효심 명창을 사사하면서 방과 후 시간을 이용하여 학생도 가르치게 되었다. 지천명(知天命)인 오십이 넘어서는 유년시절 부친께서 최초로 나의 감성을 흔들어 놓았던 단소, 시조창, 하모니카 등 여건이 되는대로 전문가에게 배우기도 하고 독습하기도 하며 즐기고 있다.

그런데도 가슴속 불안과 두려움, 고독과 허전함이 여전한 것은 왜일까?

옳지, 이런 때는 '족부족(足不足)'이란 한시(漢詩)가 처방전(處方箋)이지.

군자는 어찌하여 늘 스스로 족하다고 생각하

君子如何長自足

소인은 어찌하여 항상 부족하다고 하는가?

小人如何長不足

부족하면서도 족하게 생각하면 늘 남음이 있지만 \

不足之足 每有餘,

족하여도 부족하다고 여기면 언제나 부족하다네

足而不足 常不足

　그렇다, 이 정도의 삶에 만족해야지, 불만족(不足)이라면 죄 받지, 아직 건강하겠다, 요즘 사람들이 '철가방'으로 비유하는 직장에서 그런대로 체면은 유지하고 있겠다, 술 친구 많겠다, 주제도 모르고 까불지 말자. 긍정적으로 살자, 잘나고 못난 사람이 어디 있어, 생긴 게 다르고 사는 방법이 다를 뿐 이라고들 하지 않나?

　논어의 학이(學而)편 첫머리에 '배우고 때로 익히면 또 한 기쁘지 아니한가(學而時習之 不亦說乎), 벗이 먼 곳에서 찾아오니 또한 즐겁지 아니한가(有朋自遠方來 不亦說乎) 남이 나를 알아주지 않더라도 성내지 아니하면 또한 군자가 아닌가?(人不知而不慍 不亦君子乎)'라는 말씀을 명심하자.

　맹자의 군자삼락(君子三樂)에도 첫 번째 '父母俱存 兄弟無故'는 하늘이 내려 준 즐거움이라 내 맘대로 할 수 없고 두 번째 즐거움 '仰不愧於天 俯不怍於人'은 부끄

럼 없는 삶을 강조한 것이라 자신(自信) 없고, 마지막 즐
거움 '得天下英才 而敎育之' 천하에 영재를 얻어 교육
하는 것이라 했으니 나도 40여년 교육자의 길을 왔으니
세 번째 즐거움은 욕심을 내어 기대해 봄이 어떨까.

7부 꽁트

동구의 기도

동구의 기도(祈禱)

　시월의 첫 일요일, 새벽안개가 나의 몸을 휘어 감는다. 머리와 얼굴에 거미줄처럼 감긴 물기를 손수건으로 닦으며 강화도행 시외버스에 몸을 실었다. 얼마만이냐, 이런 기분이. 감회가 새롭다. 십삼 년 전 매주 월요일 새벽에도 늘 이런 식으로 출근했지.

　자리를 잡고 앉자마자 버스는 출발하였고 난 안주머니에서 한 장의 청첩장을 꺼내어 펼쳤다.

　'서로가 마주 보며 다져온 사랑을 이제 함께 한 곳을 바라보며 걸어 갈 수 있는 큰 사랑으로 키우고자 합니다. 부디 오셔서 앞날을 축복해 주시면 감사하겠습니다.

　신랑, 이동구. 신부, 김지혜.'

　이동구, 네가 벌써 커서 결혼하는구나. 십년이면 강산도 변한다는데, 너도 많이 변했겠지. 이젠 그 지긋지긋한 기도도 끝이 났겠지. 그리고 그 기도도 이루어졌겠지. 동구의 기도는 자폐증을 극복하려는 기도였겠지, 틀림없어. 신부는 누굴까, 같은 반 짝사랑 하던 소녀? 아니겠지, 주례는 누굴까, 그 시절 존경하는 선생님일까? 동구는 내가 주례를 서야 되는데, 바보 같은 놈, 네 번의 주례 경력을 무시하다니, 십삼 년 만에 종이 한 장 덜렁 보내고 날 초대해? 바보 쑥떡 감자 같은 놈, 행복한 불평을 털어 놓는다. 어떻든 색시는 외양보다는 마음이 넓고 부조리한 세상 때가 묻지 않은, 그야말로 동구처럼 순수 덩어리이어야 될 텐데… 여기까지 상상의 날개를 펴는 순간 잠이 들었다.

멀리 강화대교 너머 부리부리한 두 눈을 똑바로 뜨고 가슴 펴고 당당히 입장하는 신랑 동구와 아름다운 신부의 모습이 나를 보고 환하게 맞는다.

내가 동구를 처음 만난 것은 이 학교에 부임 이틀째인 삼월 삼일 2학년 진학반 국어 시간이었다. 말이 진학반이지 직업반에 비하여 평균 성적도 뒤지고 우수학생도 적어 어떻게 보면 어중이떠중이 모아 놓은 반이었다.

교육 경력 이십여 년, 일곱 번째 학교인데도 처음 들어서는 교실은 언제나 말과 행동이 매끄럽지 못하고 아둔하기만 하다.

진로 상담교사로서 학생들과 빨리 친숙해지는 것이 상담 기반을 조성하는 지름길이라 생각하고, 학년 초에는 매 시간 출석 여부를 호명하면 학생은 오른손을 들어 대답하도록 하였다.

"일번, 허정훈."

"예."

"이번, 이동구."

“……”

“이번, 이동구.”

“……”

대답이 없었다. 나는 약간 화가 나 소리를 높여

“이동구, 이동구 어디 있어?”

그러자 28명의 남녀 학생들이 재미있다는 듯이 킬킬 웃어 대며

“기도하는 중이예요.”

“원래 그런 애여요.”

하면서 나와 동구를 번갈아 바라보았다.

나는 순간적으로 전체 학생들이 나를 놀리려는 언행으로 짐작하고 오르는 혈압의 무게를 느끼며 동구를 찾았다. 동구에게 다가섰다.

학생들 표현대로 동구는 무언의 기도를 올리고 있었다. 두 손은 무릎에 얹고 황소 눈처럼 큰 눈을 좌우로 굴리며 책상 위에 놓여 진 국어 1과 단원의 길잡이만을 수직으로 바라본 체.

154cm의 키, 45kg의 몸무게, ‘한주먹 밖에 안 되는 자식, 버릇을 고쳐 줘야지 날 놀려, 눈뜨고 기도해? 기도 좋아하네, 백일기도를 해 보라지.’ 나는 두 귀를 잡고 머리를 거세게 흔들며 “이동구, 대답해! 벙어리냐?” 고함을 버럭 지르며 머리를 치켜세웠다.

동구는 처음엔 목과 어깨에 힘을 주어 완강히 구부렸으나 나의 강압에 못 이겨 고개를 천정 쪽으로 쳐들었다. 순

간 목의 힘이 빠져가며 머리통을 내게 맡겨버렸다. 동구는 체념한 듯 말없이 눈을 감았다. 가늘게 떨리는 눈꺼풀 사이로 병아리 눈물만큼 슬픔이 맺혀 있었다. 동시에 억세게 귀를 싸잡았던 나의 손아귀의 힘이 빠져나갔다.

동구의 기도, 그럼 원인은 자폐증?

'미안하다, 동구야!, 넌 원래 그런 애였구나.'

생각이 여기까지 미치자, 나는 방금 전 학생들이 비웃듯 한 말을 들릴락 말락 뇌까리며 '야 이 새끼들아! 왜 그런 애라고 미리 이야기 안했어?' 그런 식으로 나의 행동을 합리화하였다.

그날은 정말 착잡한 심정으로 하루를 보냈다. 동구에 대한 나의 언행, 과연 진로상담교사로서의 자격이 있을까? 아니 자격을 떠나 고참(古參)교사로서 학생을 보고 이해하는 통찰력이 이 정도일까?

나는 동구를 위해서 무엇인가를 하지 않으면 안 되겠다고 다짐했다. 그 당시 하숙집 신세를 졌으므로 특별히 할 일도 없었다.

그 다음날 동구의 담임선생님과의 면담을 시작했다.

이동구, 자폐증(自閉症), 대인기피증, 무력증, 지능지수 62, 석차 28명중 28위, 가족 사항은 조모, 부모, 여동생 합하여 다섯 식구이며 재산 정도는 마을에서 중(보통)에 속했다.

아버지는 농사일을 주로 하며 어머니는 4~5년 전 교통사고로 다리를 심하게 다쳐 기동도 제대로 못하는 실정이었다. 부모의 학력 수준은 국졸이며, 자녀에 대한 교육 열의도 전혀 없다시피 하며 오직 먹고 사는 데에 정신을 집중하는 가정교육 부재의 전형이었다.

동구를 지금까지 관심 있게 지도하고 상담한 선생님들의 의견을 종합해 보면 동구의 자폐 증세는 태어날 때 부터였지만 고개까지 숙이고 더욱 심하게 된 것은 초등학교 4~5학년 때란 것이다.

그 당시 담임선생님께서 동구의 모자란 행동과 불결한 용모를, 많은 학생들 앞에 세워놓고 심하게 꾸짖고 수시로 비아냥거렸다는 것이다. 그것이 사실이라면, 우리 교사들의 순간순간의 잘못된 언행이 제자들의 성장 발달에 돌이킬 수 없는 상처로 남는다는 것, 나에게도 알고 모르는 사이에 이러한 잘못이 수없이 있었을 텐데, 생각할수록 죄스럽고 아찔하다.

동구의 기도는 나의 호기심과 인간적인 동정심을 날이 갈수록 자극했다.

3월 중순 어느 토요일 오후, 시간을 내서 동구와 같은 마을 같은 반 학생들과 동구네 집을 방문하였다. 마침 동구는 초등학교 6학년에 다니는 여동생과 집 근처 골목에서 얼렁거리며 놀고 있었다.

'아니, 이럴 수가'

동구는 분명 고개를 들고 있었다. 나는 하도 신기하여 "동구야!"하고 불러 버렸다.

동구는 우리를 보자마자 그 자리에 우뚝 서 버렸고 고개는 어느새 꺾어진 백미러처럼 대답이 없었다.

동구는 자기 집을 제외하고는 셋 이상이 모이면 대화를 회피할 뿐 아니라 고개를 들지 않았다. 초등학교 때 한글을 읽고 간신히 쓸 줄은 알았지만 다른 사람 앞에서 소리 내어 읽는 것을 본 친구들이 없었다. 그 당시 이 학교는 교감선생님으로부터 평교사에 이르기까지 대부분 동구의 상담교사였다고 해도 과언이 아니었다. 그러나 결과는 '동구는 기도 중'이었다.

3월 하순의 봄기운 가득 실은 태양이 정족산 서쪽에 걸린 금요일 오후, 학생들도 거의 다 집으로 돌아가고 교직원 서너 명이 잡무를 보며 남아 있는데, 옆 교실에서 '해 저문 소양강에 황혼이 지면~' 소양강 처녀란 가요를 앳되고 구성지게 부르는 소리가 들렸다. 나는 순간적으로 동구의 목소리임을 짐작하고 달려가 보니 텅빈 교실에서, 동구와 나이 지긋한 학생 주임교사는 손바닥 장단에 '얼씨구 잘 한다' 추임새까지 넣으며 흥에 겨워 노래하고 있었다. 그 순간 '옳다, 이거다!' 이렇게 해보는 거다.

다음 날부터 나는 방과 후가 되면 틈나는 대로 상담실이고 어디서고 동구를 만났다. 동구가 좋아하는 대중가요를 통하여 소위 자폐증을 어느 정도 치료해 보리라는 생각이었다.

우선 '자폐증(自閉症)'이란 단어를 사전에서 찾아보았다. '정신병의 한 가지, 주위의 관심이 없어지거나 남과의 공감, 공명을 느낄 수 없어 말을 하지 않게 되는 증세로

자기 세계에만 몰두하게 됨'이라 적혀 있었다.

내가 본 동구는 사전적 의미의 자폐증이라기보다는 좀 더 가벼운 자기 주변과의 비교에서 오는 열등의식, 자기 비하, 대인기피증, 자기학대에 가까운 증세라고 느껴지기도 했다.

첫 단계로 난 동구와 만나면 오늘 학교에서 일어난 이야기, TV 드라마, 동구가 좋아하는 탤런트, 가수이야기 등을 주고받은 다음 고개 들고 노래 부르는 연습에 들어갔다. 동요부터 우리가곡, 대중가요 등 다채롭게 노래하는데 동구가 애창하는 노래는 소양강 처녀, 애모, 남행열차, 핑계, 칵테일 사랑, 일과 이분의 일, 등이며 요즘 신곡은 동구를 따라 부르며 배웠다.

4월 중순쯤 교무실에서 칠팔 분의 선생님들을 모시고 '애모'와 '남행열차'를 불렀고, 다음날은 2학년 여학생 반에 가서 '소양강 처녀'와 '핑계'를 불렀다.

선생님과 학생들의 격려와 박수를 받으며 동구는 차츰 자신감을 얻어갔다. 그러나 자기반에서는 여간해서 노래하려고 하지 않았다.

왜일까? 자기반에서는 왜 자신이 없을까, 며칠 후 같은 반 친구들의 입을 통하여 동구는 늦게나마 사춘기를 앓고 있다는 사실도, 그리고 같은 반 여학생 중 제일 미모가 뛰어난 혜림이를 짝사랑하고 있다는 것도 알았다. 그렇지, 남녀노소를 막론하고 사랑의 농도가 진할수록 그 상대 앞에서는 신체기관이 굳어버리고 마는 게지, 하물며 저 순수하고 가녀린 동구의 심신이.

나는 좌절하지 않고 동구가 짝사랑하는 그 여학생의 도움을 받아 동구의 굳게 닫힌 문을 두드렸다.

　몇 번의 실패를 맛본 뒤 일주일 후쯤 자기반 국어 시간에 노래를 부르도록 자연스럽게 유도하여 성공하였다.

　아쉬운 것은 동구는 아직도 고개를 숙인 채였다. 한꺼번에 모든 것을 이룰 수는 없다. 천리 길도 한 걸음부터라고 했잖아, 스스로 만족하며 자신을 달랠 수밖에 없었다.

　우선 여러 사람 앞에서 노래할 수 있다는 사실만도 얼마나 다행스러우냐.

　나는 다음 목표를 봄소풍 시 전교생 앞에서 동구가 버젓이 마이크 잡고 노래하는 것으로 정했다.

　늦게 예정된 봄소풍을 기다리며 동구와 나는 꾸준히 만나 대화하고 친구들 앞에서 노래를 불렀다. 교사와 많은 학생들의 도움을 받아 자신감을 갖도록 맹훈련을 거듭했다.

　때는 바야흐로 오월 열사흘, 함허동천 골짜기에도 초여름의 정취가 만연한데, 전교생 270여명이 아직도 애티를 벗지 못한 동구의 노래를 숨을 죽이고 가슴 조이며 듣고 있었다.

　'동구야, 단 한번만이라도 고개 들고 노래해다오'

　새끼손가락 걸고 엄지도장 찍으며 찰떡같은 약속을 동구가 저버리지 않도록 나는 기도했다.

　"~슬픈 사랑을 가르쳐 준다면 넌 핑계를 대고 있어."

　"아자! 아자! 동구, 파이팅. 최고야 최고. 잘했다! 재창, 돼지 곱창이야!"

여기저기서 터져 나오는 박수 소리, 휘파람 소리, 웃음 소리, 감탄의 소리……

그 소리, 소리들에는 원망도, 비웃음도, 조롱도, 꾸밈도 섞여 있지 않았다.

비록 나의 기대에 미치지는 못했지만….

한시

답모산 설경

답모산설경(踏母山雪景)

고명곤(高明坤)

銀色變裝大地成
은색변장대지성

奇形妙態使人警
기형묘태사인경

層松加傘如飛嶋
층송가산여비도

怪石着弁疑舞僧
괴석착변의무승

落木寒天花散發
낙목한천화산발

空山幽谷鳥難聲
공산유곡조난성

尋常別景何長在
심상별경하장재

風雨一時更本生
풍우일시갱본생

온 세상이 은색으로 갈아입으니

기묘한 자태에 모두가 놀라네

소나무 우산 속에 학이 나는 듯

고깔 쓴 괴석은 스님이 춤추는 듯

낙엽 진 찬 하늘에 눈꽃만 날리는데

빈 산 골짜기 새소리도 멈췄구나

예사로운 설경은 어찌 오래 머물다

비바람 불고나면 다시 살아나는고

- 아버님 유작시

銀色變裝大地成奇形妙態使人驚層松加
傘如飛鶯怪石著弁疑舞僧舊木空天花
散漫空山幽谷鳥難舞尋常別景何長在
風雨一時欠本生

踏西山雪景　東齋高明坤

상처를 품은 별, 고요를 건너다

김선주(문학평론가)

1. 상처와 고요의 시학

조개는 고요의 숭배자다. 꽉 다문 조가비 속 어둠에 젖은 어린 살결은, 수없이 생채기를 입고도 아랑곳하지 않는다. 화살을 뽑아내기보다 감싸고 품으며, 상처 난 자리에 별을 길러낸다. 적을 몰아내는 대신, 적을 제 땅에 길러내는 무서운 전략가이다. 조개는 끝을 알 수 없는 인고의 시간 속에서 세상의 풍파가 깨뜨리려는 고요를 고집스럽게 지킨다. 무욕(無慾)의 은둔자가 길러낸 이 지상의 별이, 아이러니(irony)하게도 권세와 욕망의 상징이 된다는 사실이 새삼스럽다.

사람의 눈동자도 마찬가지다. 많은 이야기를 껴안은 눈은 어떤 세월을 지나왔는지, 어떤 싸움을 통과했는지, 무엇을 보았는지 묵묵히 전한다. 조개가 탄산칼슘을 뱉어

상처를 진주로 길러내듯, 사람 또한 고통을 껴안아 사유의 별을 길러낸다.

시인은 세상의 풍파를 아름다움으로 바꾸는 이들이다. 고석원의 시편들, 특히 〈다락리 풍경〉은 이 숭고한 전환의 기록이다. 인생은 상처를 낳고, 상처는 진주가 되어 언어의 빛을 얻는다. '다락리'는 시인의 삶의 터전이자, 우리 마음속에 품은 원초적 고향이다.

여기에 〈거미줄〉은 그 고향 어귀에 세운 기념비라고 할 수 있다. 다락리의 또 다른 지명은 '거미줄'이다.

간밤 소나기에 찢겨진 가슴팍
그 사이 남기고 간 망울진 여름의 눈물

너는 계절 잇는 신호등
텅 빈 공원 마른 가지에 두 팔 걸치고
파랗고 빨간 신호 깜박이면
벤치 소녀는 넘기던 책갈피 닫고
붉은 보조개 접어 서산에 숨는다

여름은 동에서 남으로 방향을 틀어
백발 할미 낭자 풀어진 미로 사이로
뻥 뚫린 파란 하늘 한 점 남기면
검게 그을린 녀석은

터진 가슴 깁고 지우다 지치면

그대로 로댕의 웅크린 시인이 된다

— 〈거미줄〉 전문

이 시에서 거미줄은 생의 프레임이다. 거미줄이란 틀 속에서 아른거리는 생의 갖가지 환영이 순환과 노쇠의 인상을 풍긴다. 하루가 저물고 계절이 바뀌는 생의 다큐멘터리가 펼쳐지며 쓸쓸한 풍경을 반영하고 있다. 그 쓸쓸한 풍경은 너무나 뚜렷하다. 여름은 눈물을 흘리고, 하루가 또 덧없이 저물고, 텅 빈 공원에는 이별의 느낌만 자욱하다. 계절도 하루도 삶도 바쁘게 줄달음치며 떠나간다.

'소녀'와 '백발 할미'의 이미지에 이르러 비애의 정조가 인생이란 무엇일까? 하는 주제로 심화한다. 소녀의 발그레한 보조개가 하루의 끝을 알리는 노을빛으로 전환함으로써 덧없이 흐르는 세월의 정체를 서서히 알린다. 구멍 난 거미줄, 소낙비 등 공원 한가운데 가득한 이별의 정서가 노을빛과 만나 이 세상의 모든 '끝' 혹은 '사멸'의 이미지를 환기하고 있다. 끝을 향해 바쁘게 치닫는 세상에서 삶을 천천히 가꾸어나갈 여유를 찾기가 어렵다. 홀로 공원을 거니는 화자에게 "파랗고 빨간 신호"가 서두르라고 재촉한다. 화자는 어느새 백발 할미의 환영을 쫓는다. 여유를 부리다간 자칫 세월은 순식간에 흘러 백발을 치렁치렁 늘어뜨릴 것이다.

요람에서 무덤까지의 바쁜 생애 한가운데 유유자적하며 '삶이란 무엇일까?' 물어보는, "로댕의 웅크린 시인"이 있다. 우리는 거미줄처럼 얽히고설킨 삶에서 문득 출구 없는 미로와 마주친다. 또는 앞으로 살날보다 산 날이 더 많은 어느 날 인생의 해답은 여전히 오리무중이고 과거는 미로처럼 엉킨다. 시인은 거미줄을 통해 일상의 한 풍경을 바라보며 인생의 진의를 전하고 있다. 여리고 가냘픈 거미줄을, 삶을 사로잡는 앵글로 삼아서, 세상에서 명쾌한 사실은 오직 자연과 그 자연 속 인간의 영고성쇠임을 전한다. 이는 다시 삶 혹은 인간의 여린 존재성을 환기한다.

다락리 마을의 풍경은 여리고 가냘픈 존재의 치열한 삶으로 가득하다. 여린 존재와 치열한 삶의 몸짓이 만나 깊은 애수의 정취를 안개처럼 뱉어낸다.

새벽은 매일처럼
안개를 몰고 다락문 두드린다

송악산(松岳山) 햇살 빚어
푸른 지평 열면
덜 큰 애들은 가을 벤치에서 낟알을 줍고
금방 허수아비가 되어 춤추고 장구 친다

미호(美湖) 건너

삼류(三流) 열차(列車) 떠나가고

어둠 몰아오면

민중(民衆)집 싸구려 알코올이 불을 댕긴다

새벽이면 매일처럼

냉수 키는 소리

소갈머리 없는 친구들

— 〈다락리 풍경〉 전문

　이 시는 '새벽'을 통해 한 마을의 평화로운 정경 속에서 깊은 애수를 포착하고 있다. 새벽은 하루가 또 시작되는 시간이다. 다락리 마을 사람들은 늘 똑같아, 매일 단조로운 일상을 맞이한다. "삼류 열차"가 이를 잘 드러내고 있다. 열차는 매일 이 시간대에 어김없이 마을을 지나친다. 다락리 마을에 사는 누군가는 열차에 올라 그곳을 떠나고 있을지 모른다. 낯선 사람들 틈에 섞여 새로운 생활을 꿈꾸며 어딘가 다른 도시를 향하는 사람들이 떠오른다. 시인은 작은 마을에서 해가 떠오르기를 기다리며 삶을 이어가는 남겨진 사람들을 섬세하게 스케치하고 있다. 매일같이 다락문을 두드리는 안개가 소박한 삶의 반복성을 알리고 있다.

　이처럼 적막하고 외로운 정경은 반복적 이미지로 강화된다. 화자는 이 소박한 생의 풍경이 자아내는 쓸쓸함을 어딘가 깊이 체념하는 듯하다. 그는 이런 상황을 벗어나야 할 아픔이 아니라 가슴에 깊이 녹여내야 할, 삶의 일부로 여기기 때문이다. 그러므로 이 시의 특징인 반복성은 비애를 드러냄과 동시에 삶의 희망을 넌지시 전하고 있다. 새벽이란 타이밍은 날이 밝아오기 직전, 어둠과 빛의 경계를 상징하므로 이를 잘 확증한다. 불 밝히는 알코올, 냉수 등은 희망이 깃든 소박한 오브제라고 할 수 있다. 특히 시골 환경이 그대로 놀이가 되는 아이들의 일상은 매우 희망차다. 곡식 알갱이를 주워서 허수아비 흉내를 내며 뛰어노는 "덜 큰 애들"은 나이를 떠나 다락리 마을 사람살이의 알레고리(allegory)다.

　이러한 다락리 마을은 "소갈머리 없는 친구들", 즉 격의 없고 다정하며 친근한 얼굴이 모여 사는, '따뜻한 쓸쓸함'이 돋보인다. 이 역설적 생의 풍경이 희망과 안개, 순수함과 허수아비, 호수와 삼류열차, 냉수와 싸구려 알코올 등의 대비를 통해 잘 나타나고 있다. 깊은 삶의 질감과 시대를 버티는 사람의 애틋한 초상이 진하게 묻어난다. 생의 유일한 동반자를 떠나보내고 추억을 슬픔의 지렛대로 삼아 삶을 버티는 얼굴(〈이브의 추억〉), 천형 같은 노동의 숙명에 올라서서 찬란한 미래를 내다보는 얼굴(〈천둥지기〉)이 연실 어른댄다. 생사의 고비와 깊은 시름을 아름다운 음악으로 승화하고(〈숨비소리〉), 흐드러진 벚꽃 풍경을 솟아오르는 분수의 물줄기로 형상화하는 예리한 미의식이 슬픔을 초월하고 있다.

2 유랑과 그리움의 서정

서정시는 변화무쌍한 인간의 내면에서 삶의 진실을 찾는 어휘를 내보인다. 삶을 탐구하는 무대가 폭풍 같은 내면세계이다 보니 화자는 격정적 어조를 드러낸다. 화자는 이후 차차 현실과 자아를 균형 있게 바라보는 시선을 확보하게 된다. 비애와 자조적 성격이 자아와 세계의 갈등 구조를 확보함으로써 서정시의 주제 지평은 더 넓어진다. 고향, 자연 등은 서정시에서 중요한 소재다. 고향이나 자연은 이상적 세계에 대한 깊은 갈망이나 자아와 현실의 관계를 드러낸다. 서정시인은 자연과 고향을 통해 사랑, 죽음, 고독을 노래한다.

고석원의 시 세계는 강렬한 서정시의 운율을 띤다. 비애를 호소하는 데 그치지 않고 자아와 현실의 갈등을 극적으로 형상화하고 있다. 특히 고향과 존재의 접경에 주목한 형상화 전략이 탄탄한 시적 논리를 돋보이게 한다. 화자의 시선은 고향도 존재도 아니며 두 대상의 경계에 있는 '어떤 대상'이다. 이러한 괄호 속 대상은 시 전체에 전운처럼 맴돌며 서정시의 미의식을 더욱 새롭게 구성하고 있다. 존재의 주변부를 극대화하자 오히려 그 존재가 뚜렷하게 현현하는 시적 전략이 이미지를 더 풍요롭게 살찌운다.

진도 3의 지진이 두어 번

물 찬 제비 창공을 오르다

빚어낸 정화수로 텀벙

동해 햇살 펴 날벼락으로

동맥 긋자 뚝 뚝 떨어지는 핏방울

대낮 미친 소나기의 질주

낙타의 갈색 동공 속 오아시스

현위에 그리며 고향을 떠난다

시작은 항상 고향

담배 한 개비 태울 겨를도

백미러로 사라지는 집시, 달,

G현에 걸린 잠자리 한 마리

E현 거머쥐고 솟아오르다 다시

거미줄에 감기어 바르르 떤다

손끝에 떨어지는 피처카토

플라멩코**오선지 밟고

돌아서면 가파른 난간

사막 일구는 각진 모래 틈으로

깊은 음영 숨어든다.

— 〈치고이너바이젠〉 전문

"치고이너바이젠(Zigeunerweisen)"은 스페인 집시풍

선율의 바이올린 독주곡이다. 이 시의 맹점은 바로 이 집
시의 노래라고 불리는 곡의 격정적 음정에 있다. 집시의
정열, 방랑, 삶의 애환이 짙게 풍기는 격정적 음조가 시의
긴장을 극대화한다. 집시는 유랑의 기질로 늘 불안정하고
위태로운 삶을 산다.

집시란 '고향 없는 존재'인 것이다. 그들은 이러한 유목
적 삶의 불안을 오히려 자유와 예술로 승화시켜 생에 대
한 끈질긴 열망을 드러낸다. 이처럼 집시들이 삶을 예술
로 어루만졌듯, 화자 또한 짙은 노스탤지어(nostalgia)를
시적 언어로 풀어내고 있다.

시 전체의 어조가 치고이너바이젠의 음률을 따라 격정
적으로 치닫는다. 특히 오감을 예리하게 깨우는 서늘한
표현이 바이올린 선율의 압도적 에너지를 고스란히 전달
한다. 시는 매우 격렬한 감각의 충돌로 시작된다. "햇살"
과 "핏방울"이 매우 자연스럽게 중첩되고 있다. 핏방울은
눈부시게 빛나는 햇살이다. 자칫 데카당스((Decadence)
한 분위기를 띨 수 있는 데도 과감한 비유가 이를 자연스
럽게 감싼다. 이윽고 하늘에서 뿌리는 황금빛 핏방울에
젖어 온몸으로 '치고이너바이젠'을 느낀다.

황금 예컨대 금빛은 욕망을 부추기는 디오니소스
(Dionysos)적 매체로 읽을 수 있다. 그러므로 햇살과 핏
방울은 동의어로 자유와 자아의 해방을 추구한 집시들의
'피'를 가리킨다. 즉 시인은 피의 이미지를 예술 지평으로
전유해 예술가의 피를 '황금의 피'로 표현한 것이다. 또,
이는 예술가 혹은 시인의 혈통에 관한 노래다. 햇살처럼

뜨겁고 눈부신, "동맥 긋자 뚝 뚝 떨어지는 핏방울"은 예술가 고유의 생명성을 상징한다.

시인은 집시(Gypsy)의 존재 근거이며, 예술가의 피는 고향에 대한 짙은 향수에 기인한다. 그러나 향수, 곧 깊은 그리움은 관념적 대상에 대한 감각이다. 이른바 누구나 가슴 속에 잠재운 원초적 고향 의식을 말한다. 이는 "낙타의 동공 속 오아시스"라는 표현에서 잘 드러난다. 화자는 낙타의 눈동자를 빌려 오아시스를 바라본다. 즉 시인은 자아와 대상 사이에 매체를 배치한다. 이러한 시적 전략은 시 전체를 아우르는 원관념을 낳는데, 어느덧 자연과 공간이 일시에 '바이올린'으로 환원한다. 핏방울 배인 햇살은 바이올린의 현으로 승화되며 "진도 3의 지진"으로 울려온다.

가자,

아이들 목말 타고 어리광 부리는

아직도 오빠가 좋아 '오빠 일어날 거지'

식어 가는 마지막 온기 끌어안고 오열하는

아내의 된장찌개와 사랑이 끓고 있는 집으로

고놈의 핏줄이 무엇이길래

열 발짝도 떨어 살기 싫은 엄마가, 무심한 아빠가

사랑하는 동생들이 노는 곳으로 가잔 말이다

그야말로 잔인한 사월

어제는 현관에서 초인종을 누르고 미소 짓더니

오늘은 돌마터널을 살아 나오고

내일은 뒷동산에서 맑은 햇살로 마주 하려나

— 〈하얀 국화로 핀 너〉 부분

이 시는 가족과의 사별이 생생히 드러난 가슴 아픈 비가(悲歌)다. 아들의 부재가 절절하게 표현되고 있다. 아들과 함께 나누던 "된장찌개와 사랑이 끓고 있는 집", "열 발짝도 떨어 살기 싫은 엄마"와 "무심한 아빠"와 "사랑하는 동생들이 노는 곳"에 아들은 돌아올 수 없다. 바로 어제 미소 지으며 초인종을 누르던 아들의 빈자리가 화자에겐 너무나 크다.

정지용의 〈유리창〉을 떠올리게 하는 애틋한 어조가 가슴을 적신다. '유리창'은 산 자와 죽은 자의 경계이자 소통의 사물인데, 이 시의 화자는 투명한 유리창에 어리는 자아와 마주 서서 생생한 망자의 얼굴을 그린다. 저승과 이승은 너무 멀지만, 그리운 아들의 얼굴은 오히려 너무 생생하다. 또 그 생생함이 오히려 더 가슴 아프게 한다. 이정하 시인의 〈그립다는 것은〉이란 시에서 '보지 않아도 눈에 선한데/ 왜 보고 싶은지 모르겠다'라고 한 것처럼, 정지용의 〈유리창〉은 그리움에 대한 역설적 상황으로 비애를 강하게 드러내지만, 위의 시에 등장한 '국화'는 화자의 짙은 슬픔과 자아를 비추는 거울로 볼 수 있다.

흰 국화는 전통적으로 죽음과 애도를 상징하는 꽃이다. 즉 국화는 생과 죽음을 동시에 지닌 아이러니의 사물이라고 할 수 있다. 꽃의 존재가 생을 지시하고, 꽃의 쓰임이 죽음을 떠올리게 한다. 그렇기에 화자가 "하얀 국화로 피어버린 아들"이라고 발화할 때 그 역설적 상황은 더욱 강화된다. 그의 아들은 '떠남'과 '돌아옴'의 중첩적 시공간성을 누린다. 이로써 아들은 초월적 존재성을 획득한다. 시들고 말 국화가 시(詩)라는 불멸의 언어에 합류함으로써 영원한 생명을 얻는다. 하얀 국화의 죽음이란 상징성은 영원한 삶으로 승화된다.

죽음은 숱한 예술가의 삶에 크나큰 심적 변화를 불러왔다. 그 아픔은 그들 작품에 고스란히 나타난다. 화자는 이제 방랑하는 집시의 존재 근거를 탈피하고, 방랑자를 기다리는 드넓은 고향 땅이 된다. 고향을 찾아 떠도는 헐벗은 주체가 아닌, 타자의 고향으로 확장하고 있다. 그는 초월적 시공간을 누비는 아들의 영혼이 때때로 찾아와 손짓할, 변함없는 겨울나무(《겨울나무》)로 산다. 이처럼 고석원 시에서 고향은 '너' 혹은 '어디'에서 '나' 내지 '자아'로 변주되고 있다.

그의 시들에 나타난 고향은 유토피아(utopis)와 레트로토피아(retrotopia)의 시공간성이 뒤엉켜 있다. '죽음'은 두 세계를 명확하게 구획시키는 계기를 이룬다. 원초적 고향을 바라던 화자가 몸소 고향이 됨으로써 아들 혹은 타자의 귀환을 예비한다. 또 그 귀환자와 함께 도래할 찬란한 레트로피아의 가능성을 연다. 그러나 레트로토피아란 이를테면 국화, 파도, 나무 등 실제 대상을 가리키는 중간자의 세계다. 아들은 시를 통해 불멸의 존재자로 승화했으나 그 불멸성은 어디까지나 집시적 혈통의 재능(《치고이너바이젠》) 아래 펼쳐지는 언어 곡예의 산물이다. 이러한 지점에서 고석원 시 세계의 숙연한 유토피아의 지평이 획득된다.

> 우리 바보처럼 다시 꼭 만난다고 웃자
> 아, 산사람의 모질고 궁색한 아이러니여!
>
> ― 〈하얀 국화로 핀 너〉 부분

죽음은 비극에서 삶의 이상향으로 되살아난다. 죽음이란 오래전 고향을 떠난 '너'를 만나는 대타자의 세계다. 분리됐던 '나'와 '너'가 '우리'의 풍경을 이루는 진정한 유토피아인 것이다. 그래서 시인은 "우리 바보처럼 다시 꼭 만난다"는 다짐을 통해, 죽음과 웃음마저 중첩하고 있다. 하지만 슬픔을 이기려는 적극적 의지는 "모질고 궁색한 아이러니"의 느낌을 지울 수 없다. 그의 시에서 아이러니는 슬픔/ 희망을 경유해 삶/ 죽음의 언어로 전환하고 있다. 이러한 운명론적 이중의 세계에서 삶의 진상을 가려내려고 치열하게 경계의 대상에 귀 기울여본다.

3. 여명의 피안으로 가는 길

고석원의 시는 슬픈 서정시로 읽힌다. 화자의 자아가 세계를 인식하는 방식은 '완벽한 치유는 존재하지 않는다' 이다. 즉 인간은 늘 어설프게 봉합된 생채기를 품고 사는 존재다. 이 사실을 인식하자마자 고요한 일상을 깨뜨리고 실존의 감각이 엄습한다. 시인의 서정성은 바로 현실 인식에 근거한다. 그의 시에는 한결같이 희망과 쓸쓸함이 공존한다. 상처가 삶을 꿈꿀 때 고통도 기쁨도 모호하게 다가온다. 완벽한 고통도, 온전한 기쁨도 존재하지 않는다. 쓸쓸함의 정체는 어쩌면 고통과 희망의 미지근한 상태 그 언저리에 속해 있다. 그래서 온통 체념과 익숙함의 분위기(《다락리 풍경》)와 이별이나 공허(《거미줄》)의 정조로 가득하다.

이러한 세계에서 우리 존재는 늘 원초적 고향을 찾아 떠도는 집시족이다. 시 세계 전체를 관통하고 있는 '고향 의식'은 떠도는 주체의 '형이상학적 방황'을 여실히 나타낸다. 화자는 과거로의 회귀를 욕망한다. 그렇기에 반복해서 주체와 대상의 경계가 나타난다. 고향은 다다를 수 없는 대타자이며 끊임없이 그곳을 그리워하는 주체의 심경이 깊은 애조를 띤다. 그 속에서 그는 소박한 희망과 따뜻한 쓸쓸함, '소갈머리 없는 친구들' 같은 일상적 존재들을 통해 인간다움을 조명한다. 그리하여 '다락리 풍경'은 특정한 지명을 넘어서 잊을 수 없는 감정과 기억의 감각을 자극한다.

과거는 궁극적으로 환상적 세계이다. 따라서 붙잡을 수 없는 그림자만을 되불러온다. 국화, 파도, 거미줄 등 모두 존재의 주변에 사는 사물이다. 다시 말해 시적 지평에서 비로소 의미를 띠며 그리운 장소, 애틋한 얼굴의 의미를 구성한다. 죽음은 이러한 레트로토피아의 비현실성을 깨고 실천적 유토피아를 재구성하게 한다. 시는 예리하게 빛을 발하고 시 세계에 팽배한 체념적 정조가 진정한 긍정의 운율로 거듭난다.

이윽고 시인의 서정 시어는 현실과 유토피아를 넘어 피안의 세계로 뻗어나간다.

회돌이목 흔들어 여울목 넘어서면

아스라한 하늘 끝 흘러가는 자진 한 잎

청공에

자지러진 별

새벽이슬 구르다

갈대 속청 한 잎 뽑아 은하에 끼워 넣고

붉은 입술 곱게 모아 댓바람 실어주면

칠성공

노 젓는 가락

맺힌 매듭 푸는 소리

명주실 곱게 뽑아 몸뚱이 칭칭 감아

물레에 걸어놓고 한 실어 잣는 소리

갈잎에

바람 에는 소리

가을밤이 서럽다

— 〈청성곡〉 전문

　이 시에서 지상과 천상을 조망하는 화자의 힘찬 날갯짓
이 엿보인다. 은하수는 칠성공의 아름다운 가락을 뽑아낸
다. 별이 보였다 안 보였다, 나타났다 사라졌다 할 때마다
구슬프고 친근한 음조가 울려 퍼지고 있다. 그 수많은 구
멍은 무한의 음계를 만든다. 장엄한 청성공의 가락에 따
라 생을 노래하는 화자의 웅혼한 노래가 들려온다. 구슬
픈 청성공의 울림은 진주알처럼 순정하고 명쾌하다. 그
우주와 자연의 웅장한 합주는, 생의 강을 건너는 뱃사공
의 "노 젓는 가락", 길고 긴 여러 밤 "맺힌 매듭 푸는 소리"
등 서러운 가을밤 기척을 한데 모은다. 삶과 죽음의 비의
(悲.意)를 주제 삼아 화자의 발길을 돌려세운다.

　고석원은, 조개가 상처를 진주로 바꾸는 생의 묘기처
럼, 시(詩)로써 아픔을 어루만져 아름다움을 불러온다.
즉 상처로 가득한 생의 전경을 꾸밈없이 사랑할 방법을
찾아 자아 너머로 여정을 떠난다. 『다락리 풍경』은 시인이
바깥의 온갖 얼룩과 탐욕을 걸러낸 순정한 자아의 영역이
다. 그의 시어는 조개의 탄산칼슘처럼 생을 다해 안간힘
으로 짜낸 자기 복구의 산물로써, 한 편, 한 편의 시가 인
고의 시간을 아로새기고 있다.

시인은 세상의 상처를 그저 버려두지 않는다. 그의 시와 마주하며 예술가에게 도덕/ 윤리란 상처와의 씨름을 멈추지 않는 일임을 깨닫는다. 상처를 어떻게 바라볼 것인가, 하는 고유한 모럴이 시인의 특별한 세계를 이루기 때문이다. 그의 시 세계를 체험하며 독자는 상처도 아름다울 수 있다는 낯선 사실과 마주할 것이다. 그리고 그 체험이 끝날 때 '아름다운 상처'의 낯선 얼굴에 어느새 익숙해질 것이다. 다시 다락리의 어귀에서 어느새 메워진 거미줄 앞에 선다. 얼핏 "백발 할미 낭자 풀어진 미로 사이"에서 생의 출구를 묻는 "검게 그을린" "로댕의 웅크린 시인을 본 듯하다.

고석원 시문집

늦바람

발행일   2025년 5월 16일

지은이   고석원
펴낸이   안혜숙
디자인   임정호

펴낸곳   문학의식
등록   1992년 8월 8일
등록번호 785-03-01116
주소   인천광역시 강화군 강화읍 남문로 11 숭조회관 201호
            서울 중구 수표로6길 25 501호(서울 사무소)
전화   032.933.3696
이메일   hwaseo582@hanmail.net

값 12,000 원
ISBN 979-11-90121-59-0